BBC DOCTOR WHO

Winner Takes All
赢家通吃

［英］杰奎琳·雷纳 / 著

晏 如 / 译

新星出版社　NEW STAR PRESS

DOCTOR WHO: Winner Takes All by Jacqueline Rayner
Copyright © 2005 Jacqueline Rayner
First published as Doctor Who: Winner Takes All by BBC Books, an imprint of Ebury, Ebury Publishing is part of the Penguin Random House group of companies. Doctor Who is a BBC Wales production for BBC One. Executive producers, Chris Chibnall, Matt Strevens and Sam Hoyle. BBC, DOCTOR WHO and TARDIS (word marks, logos and devices) are trademarks of the British Broadcast Corporation and are used under licence.
This edition arranged with Ebury Publishing
through Big Apple Agency, Inc., Labuan, Malaysia.
Winner Takes All Chinese edition copyright:
2022 Chengdu Eight Light Minutes Culture Communication Co., Ltd.
All rights reserved.
The Cover is produced by Woodlands Books Ltd.
著作版权合同登记号：01-2020-0058

图书在版编目（CIP）数据

赢家通吃 /（英）杰奎琳·雷纳著；晏如译. —— 北京：新星出版社，2022.6
（神秘博士）
ISBN 978-7-5133-4887-4

Ⅰ. ①赢… Ⅱ. ①杰… ②晏… Ⅲ. ①幻想小说-英国-现代 Ⅳ. ①I561.45
中国版本图书馆CIP数据核字(2022)第051173号

赢家通吃

[英] 杰奎琳·雷纳 著；晏如 译

责任编辑： 杨　猛
监　　制： 黄　艳
特约编辑： 康丽津　姚　雪
责任印制： 李珊珊

出版发行：	新星出版社
出 版 人：	马汝军
社　　址：	北京市西城区车公庄大街丙3号楼 100044
网　　址：	www.newstarpress.com
电　　话：	010-88310888
传　　真：	010-65270449
法律顾问：	北京市岳成律师事务所

读者服务： 010-88310811　service@newstarpress.com
邮购地址： 北京市西城区车公庄大街丙3号楼 100044

印　　刷：	北京华联印刷有限公司
开　　本：	910mm×1230mm　1/32
印　　张：	7.125
字　　数：	134千字
版　　次：	2022年6月第一版　2022年6月第一次印刷
书　　号：	ISBN 978-7-5133-4887-4
定　　价：	46.00元

版权专有，侵权必究；如有质量问题，请与印刷厂联系更换。

献给尼克

序　幕

"我得给家里打个电话。"罗丝在装有穹顶的主控室里一边踱步，一边向博士挥了挥手机。

博士双手抱胸，背靠着墙，凝视着硕大无朋的环形装置。房间中央的立柱又高又细，灯光闪烁，熠熠生辉。绿光照映着他的脸。此刻，塔迪斯正在翱翔。在茫茫宇宙中，这台时光机将载着他们去往某个地方。罗丝并不知道目的地在何处，但博士能分辨出来。

每当罗丝提到自己的家庭，博士的脸上时不时会流露出一丝不满。她正准备跟博士争论一番，却失望地看见他只是点了点头。

罗丝往前走了几步，说："我妈妈会担心的。我向她保证过会打电话……大概说过吧。"

博士又点了点头，"所以你觉得，如果她知道你在时空旋涡里转悠，或者对抗各种外星人，就不那么担心了？"

罗丝皱着眉头，"至少她不会担心我死了！"

作为罗丝最好的朋友,博士看起来四十多岁,讲着一口亲切温柔的北方口音。可实际上,他是一个来自遥远星系的九百岁的外星人。有时候,博士对罗丝妈妈的忧心忡忡表现得不屑一顾——不知道是出于他的性格特质,还是因为他并非人类。罗丝甚至不知道博士来自怎样的家庭。如果他不知道妈妈是什么样的,当然没法儿理解杰姬·泰勒。

"我会尽快打完电话的。不过,她可能会跟我聊上好几个小时,好好了解一下事情的来龙去脉。我妈妈简直是个超级话痨,我敢说她绝对是。但愿你今天上午不打算去任何星球逗留。"

博士咧嘴一笑,"我可以等到下午再进行星际跳跃。"

罗丝也报以微笑。她按下拨号按钮,给妈妈打了过去。她不得不承认,正因为博士的聪明才智,这部平平无奇的手机才得以传送跨越时空的信号。不过,背后的原理不能细想。如果想太多,她的脑容量一定会过载的。

铃声响了六次才接通,这让罗丝很是吃惊。杰姬向来喜欢闲聊,总是抢在铃声第二次响起之前就接听了。"嗨,妈妈。"罗丝说。

另一头的声音听起来活力十足:"罗丝!你去哪儿了?你在干吗?"她顿了顿,"你还跟他在一起吗?"

罗丝笑了笑,"我坐在时光机里四处闲逛。对,我还跟他在一起。"

博士抬起头,嘲弄地挥了挥手。罗丝知道他在向杰姬打招呼。她把手按在话筒上,愉快地回敬道:"妈妈也向你问好!"

"近期你打算回来吗?"杰姬说,"米基和我都很想你。过段时间,你再决定回家可就迟了,因为家里可能没人了。"

罗丝叹了口气,"别犯傻了妈妈,我会尽快回来的。家里的银器记得拾掇干净哦!"

"银器?!"罗丝听见杰姬的嗓音高了八度,"你在开玩笑吧,亲爱的?对了,还没告诉你,我中奖了。"

"什么?"罗丝说,"不可思议!你中了多少钱?"

突然,另一头传来一声喊叫,好像有什么东西在大声嚷嚷。"听着,亲爱的,我得挂了。很高兴听到你的消息,拜——"电话随即挂断了。

罗丝惊讶地低头端详着手机,摇了摇头,把它放进口袋。

"你不是说她是个超级话痨,"博士走到控制台边,"要聊上好几个小时吗?"

"我妈妈中奖啦!"罗丝在主控室里走来走去,眼睛闪闪发光,"多棒啊!我们可以买一座超级棒的大房子……"

博士扬起一边眉毛,指着他们置身其中的主控室。

"我们还可以去度假!加勒比或者随便哪儿都行,甚至佛罗里达!"

博士盯着她,"我能带你去时空中的任何地方!"

罗丝对他的话充耳不闻，继续说："我一直想去迪士尼！"

"没错，好极了，小伙子扮成老鼠人偶，小孩儿在过山车上呕吐。要知道，在我准备带你去的那颗星球上，老鼠和鸭子真的会说话呢！"

"话虽如此，但我们还没去，是不是？反正你也不会带上我妈妈一起去。"罗丝耸了耸肩。

博士咧嘴一笑，"嗯，也许吧。别吓坏那些老鼠。"他不等罗丝应答，兀自说了下去，"她是不是开心过头了？忙着买东西所以没空跟你说话？"

罗丝扮了个鬼脸，"是啊，好奇怪。"她顿了顿，露出自认为足以打动博士的微笑，"我们能不能顺路回去一趟？就待一会儿，可以吗？我想看看家里的情况。"

"你担心家里出事了？"博士问。

"不，我妈妈刚才说，等我回去的时候家里可能就没人了。我可不想一进门就发现她搬去乡间别墅，还把我的东西全扔了。"

"扔掉一堆旧海报和泰迪熊玩具？没错，简直是一场悲剧……"

罗丝瞪了他一眼，"我已经十九岁了，早就过了玩泰迪熊的年纪。我的私人物品比你想象的要多，其中一些甚至满载着情感。你不会明白的。我们可以回趟家吗？我保证这是一次短途旅行。"

"好吧，好吧。"博士点了点头，开始设定路线，"你们人类总是带着大包小包的东西……"

"真糟糕，对吗？"罗丝开玩笑道。过了一会儿，她担忧地问："你说妈妈会不会真的把我的得瑞普洛斯先生扔掉了？"

博士没有说话，只是笑了笑。

1

塔迪斯降落在了鲍威尔住宅区的一处庭院内。罗丝从门边探出脑袋,一眼便看到对面的中餐外卖馆,还有一旁的图书馆和青年俱乐部。她回到了自己最爱的地方,塔迪斯则停在了第一次降落时的位置。

从外形上看,这个高大的蓝盒子是一座老式警用电话亭。如果大家客气地挤一挤,应该能塞进五六个人。但令人难以置信的是,蓝盒子里面竟然装着一间巨大的主控室和一堆乱七八糟的玩意儿。罗丝虽然很快接受了如此不可思议的事实,但脑子里仍然藏着其他不愿细想的问题。

她的右手边是巴克纳公寓,顺着建筑物往上看,四十八号就是她的家——或者说,曾经的家。她回头看了看蓝盒子。好吧,没人规定你只能拥有一个家。

当两人踏上公寓的水泥台阶时,罗丝不确定自己有没有进去的必要。她看了一眼手里的钥匙,把它放回口袋,然后又掏了出来……妈妈应该不会在门口等她,但她也不想把人叫出来开门。

如果杰姬中了大奖，肯定正在家里庆祝，天晓得她会干点什么？

罗丝在门外的走廊上犹豫了一会儿，手里攥着钥匙，最后还是敲了敲门。

过了一会儿，门开了一条小缝，门链还拴着。罗丝虽然感到奇怪，但很快便把疑问抛到了脑后。杰姬身材娇小，留着一头跟罗丝一样的金发。她和罗丝对视一阵，立刻松开门链，一把搂住了自己的女儿，"你回来了！你回来了！"

罗丝抱着妈妈笑道："看起来是这么回事。"

杰姬从怀抱里挣脱出来，责备道："别告诉我你的旅行还没结束！"

"是的，我只在这里稍做停留，为了参加派对。"罗丝说。

"什么？难不成你每次回家，我都要举办一场派对？"

"妈妈，我不是这个意思！"罗丝走进屋内，"你中奖了，总该举办派对庆祝一下吧？"

杰姬哼笑一声，转向门口。"哦，我不过是中了几张刮刮卡罢了，奖品已经送给米基了。"她越过罗丝的肩膀向后看，"这位先生不进来喝杯茶吗？"

博士出现在门口，笑道："正等你问我呢。"

"他得受到邀请才能进屋。"罗丝对妈妈说，"就像吸血鬼一样。"

杰姬看起来好像真的相信了罗丝的话，害怕博士随时会变成吸血的蝙蝠。

"我开玩笑的。"罗丝补充道,"我们可以喝茶了吗?"

"所以,你说的刮刮卡长什么样?"当他们舒服地窝在客厅的白色皮沙发里喝着第二杯茶的时候,罗丝问道。

杰姬俯身抓起手提包,从里面掏出一叠橙色卡片。罗丝接过几张,发现卡片上都画着相同的卡通动物,嘴边有一个贴着银色覆膜的对话框。刮开之后,上面写着:谢谢惠顾,再接再厉!

"这是啥?豪猪吗?"罗丝指着卡通动物问道。

"帕西豪猪。商家为促销活动设计的卡通形象,估计是一群打工的穷学生扮成的人偶。你可以去摊位上找他们兑换奖品。"杰姬回答道,"只要去城里的超市买点东西,你就能获得卡片。最棒的是,商家从不限制刮刮卡的数量!我前天分几次买了袋胡萝卜,结果得到了八张卡片。"

"哦,妈妈!"罗丝惊呼道,半是尴尬,半是无可奈何。

杰姬抽了抽鼻子,"别这样跟我说话。毕竟,我的女儿成天在外面四处游荡,而我却只能一个人在家里待着。刮刮卡的终极大奖是去海边度假,我总算可以期待一下阳光、沙滩和穿短裤的帅小伙……"

"以及会说话的老鼠?"罗丝咕哝了一句,但杰姬根本没有听到。

"住在那头的霍尔太太就中了大奖。可是,对这种人来说真是浪费机会。你知道她是怎样的人——就算气温超过二十七摄氏度,也绝不摘下帽子、脱掉大衣。我的比基尼泳衣还放在抽屉里,连标签都没摘。我从来没有机会穿上它……"

"哦,妈妈!"罗丝又一次惊呼道。

"没有比中大奖更好的事情了,对吗?"博士插话道。

"这有什么问题吗?愿闻其详!"杰姬怒气冲冲地说。

"没有问题,我只是随口一说。"博士从罗丝手里拿过卡片,检查了一会儿,"真奇怪,你不觉得他们什么都没宣传吗?"

罗丝从他手里拿回卡片,递给了杰姬。"现在是小范围试点,等发展到全国各地时,他们才会开始宣传。又或者,商家仅仅希望人们在店里多花点钱。你不会以为这群豪猪是外星人,想要占领地球吧?"

"很有可能。"博士说着,起身走出客厅。

"别在意我们!"杰姬在他后面喊道,"请自便!"

"谢了。"博士的声音传了回来。

罗丝转身对杰姬说:"很高兴看到你没有搬去乡间别墅。"

"为什么?"

"我以为你中的是一大笔奖金。"

杰姬叹了口气,"真希望我能离开这儿。"她遗憾地低下了头。

罗丝瞪大眼睛,"可你喜欢这个地方!你的朋友和生活圈子都在这儿!"

杰姬耸了耸肩,"自从你离开以后,这儿的情况越来越糟了,亲爱的。你还记得达伦·皮吗?"

罗丝想了想,颤抖着说:"记得。他比我大两届,看起来活像只剃了毛的大猩猩。平时在学校里很难见到他,等他出现的时候又总有警察跟着。达伦总向低年级学生勒索午餐费,还打他们,拿不到钱就不罢休。"

"达伦现在搬到对面的三栋二号了。"杰姬说。

罗丝试着回忆之前的房主,"迈克格雷戈太太怎么了?"

"她穿着睡衣在街上瞎逛,被托尼接去塞登姆的家里住了。"

"所以,市政委员会就把达伦·皮安置进去了?"

"他们把他妈妈安置进去了。"杰姬不禁打了个寒战,"之前跟你通话的时候,我正在去洁德家的路上。达伦抢走了她的钱包和手机——这样她就无法报警了——还威胁说要把她推下楼梯。洁德的预产期快到了,我担心她随时都会生产。要知道,这年头救护车来得太慢了。"她顿了顿,语气又是担心又是气愤,"洁德吓得够呛,哭得一塌糊涂。我把手机留了下来,方便她找人求助。我不后悔这个决定,但还是有点想念我的手机……这件事和外星人入侵不一样,达伦并不想统治世界,但……"

博士背着手走回来，接过杰姬的话头说："但外星人通常有更好的动机，而不仅仅是让别人过得很惨。"

罗丝看着博士，"我们要不要给达伦一点儿教训？"

博士惊讶地看着她，"我从不插手这种小事，又不是拯救星球。"他咧嘴一笑，亮出藏在背后的一团蓝色毛球，"哦，有时候玩具熊除外。"

罗丝一把抢过毛绒玩具，"我的得瑞普洛斯先生！"过了片刻，她一跃而起，用玩具熊猛捶博士胸口，"你是不是进我的房间了？"

2

罗丝觉得,既然自己已经回来了,最好还是去看一看米基。就像杰姬说的,如果她不去的话,米基可能永远不会原谅她了。罗丝认为妈妈说得没错。毕竟,他们好像从来没有正式提过分手。如果她是去外地上大学,或者在比地铁终点站更远的地方上班,他们顶多会维持一段糟糕的异地恋;但如果她常常往返于伦敦和世界尽头之间,或者跑去维多利亚时代,那他们的感情就真没什么可能了。

不过,米基看到他们的到来似乎并不惊讶。罗丝猜测,妈妈一定提前给米基打了电话。他后来也承认了这一点。罗丝看着米基,心中重新涌起一丝爱意——他十分帅气,有着漂亮的黑色皮肤,眼睛闪闪发光。米基虽然没有时光机,但物是人非,属于她的那段旧日时光已经结束了。

"希望没有打扰到你。"她说。

"没有,宝贝儿。我正在打游戏。"米基回答道。

"你多大了?六岁吗?"博士插话道,"你在玩蛇与梯子的游戏呢，还是已经成熟到可以玩对子牌了？"

米基似乎没有感觉受到冒犯，"罗丝的妈妈送给了我一台游戏机。一开始，我并不喜欢，因为里面只有一款游戏，不像索尼或者微软家用游戏机那样能玩很多款。但玩了之后我才发现，这款游戏太棒了，还跟外星人有关。你们会喜欢的！"

博士看起来好像不太相信。

"进来吧，我玩给你们看。"米基说。

博士将椅子拖到电视机前坐了下来，罗丝则坐在椅子一侧的扶手上。地板上摆着一大堆游戏盒：《GT赛车》《大恶狼》《时空分裂者2》和一堆跟足球有关的游戏。罗丝拿起最顶上的一盒，仔细地端详起来。橙色的封面上画着一只卡通豪猪，正在向一只昆虫模样的玩意儿射击。大大的黑体字写着：**曼托迪恩之死**。博士和米基隔着罗丝聊了起来，把游戏手柄传来传去。罗丝感觉自己就像他们之间的靠垫一样。

"游戏真智能。"博士说。

"是啊，第一人称视角简直酷毙了，对吧？"米基说，"跟《布莱尔女巫》一样让人身临其境！另外，这款游戏的关卡数量多得惊人。"

"游戏里有没有刮刮卡上的豪猪？"罗丝试着加入他们的聊天。她会玩游戏，但不明白这件事的趣味所在。

"有啊,开场动画里有一群豪猪在跟巨型螳螂怪作战。"米基说,"玩家的任务是渗透进敌人的据点,如果通关了,你也许会在游戏结尾再次看到那群豪猪。不过,目前没有人通过最后一关。"

"你是怎么知道的?"罗丝问。

"因为我消息灵通,宝贝儿。"

罗丝好奇地看着米基,等待他继续说下去。"第一个通关的玩家将获得一笔巨额奖金。因此,每个人都跃跃欲试,希望能赢得游戏。我在网上的游戏论坛看到,不少玩家连新手训练关都没过。"

"新手训练关?"

"是啊,他们是这么称呼的。那一关的画面没那么智能。"他指着屏幕,游戏的通道看起来极其逼真,"新手训练关需要完成各种测试。要不是为了拿到奖金,我估计很多人就直接放弃了。通关之后,玩家便会获得关于游戏和任务的详细介绍,然后进入更有意思的关卡。"

"除了你,还有谁过了?"罗丝假装感兴趣地问道。

"我想应该没有了。你们可以叫我游戏达人,准备顶礼膜拜吧!奖金是我的了!"

博士指着屏幕角落的计分器,分数看上去并不高。"是的,看来我们这位游戏达人快要赢了。"

米基回敬道:"要知道,没人能玩到特别高的分数,因为游戏存在一个小故障:一旦中断游戏,玩家不能保存当前进度,只能回到起点重新开始。另外,除了通关,你还得解开智力游戏或者数学运算之类的谜题。"

"谜题?"博士问道。

米基越过罗丝拿回手柄,按下按钮。画面摇晃起来,飞快穿过一条走廊,来到一扇宏伟的大门前。门上的控制面板十分瞩目,上面滚动着数字和字母。

博士坐直身子,"我很惊讶居然有人能通关。看看这些算法,复杂极了!"

米基笑道:"多谢夸奖!"

博士身子前倾,伸手越过罗丝,又把手柄从米基手里拿了回来。

"谜题各不相同。"米基说,"有些是用象形文字写成的,有些则是奇奇怪怪的问题。"

博士盯着屏幕,喃喃自语道:"把这个部分转换成二进制……如果 d 等于 8,9 等于 y 的幂次方……啊哈!"他得意地大叫道,使劲按下按钮。与此同时,大门打开了。

"小心!"米基叫道,"门后有螳螂怪!"

正如米基所言,门后立刻拥出一群怪物。它们又大又绿,下颚如同巨钳一般,足部又细又长。怪物走上前来,挤到一起。要是米基不及时按下暂停键,它们似乎会穿过屏幕踏进客厅了。

"我们有武器吗?"博士问。

"按红色按钮可以射击。"米基说。

不一会儿,屏幕上的怪物一个接一个倒在激光束下,接连号叫起来。

"你说过你不喜欢枪。"罗丝指责道。

"我的确讨厌枪。"博士回答道,"但这并不意味着在游戏里不能使用暴力。还有其他螳螂怪吗?"

"可能还有。你的位置已经暴露了,现在没那么容易过关。"米基说,"第一次玩游戏的时候,螳螂怪咬掉了我那个角色的脑袋。"

"棒极了!"博士戏谑地说。

米基倾身向前,望着博士,"行了,玩个游戏有什么可兴奋的?反正你总是跟真的外星人打架。"

博士靠回椅背,"玩游戏可以锻炼反应能力,培养战略思维能力。通常来说,我的手边还会准备一杯茶和一包巧克力饼干。"

"话说回来,真正的外星人并不会咬掉我的脑袋,对吗?"

博士咧嘴一笑,"对,真可惜。那么,既然说到喝茶——"

"你刚在我家喝了两杯,"罗丝说,"还吃了三份三明治和两块蛋糕。"

"别告诉我英国颁布了什么《限茶法案》,"博士说,"否则我不得不推翻唐宁街了——再一次。"

米基耸了耸肩,"我家的牛奶已经过期了,小饼干也没剩多少。"

"要不是我之前给你买了东西,你现在连小饼干都没有。"罗丝插话道。

"我又没让你帮我买东西!"他反驳道。

罗丝点点头,"对,你只会像饿扁的小狗一样可怜巴巴地盯着我,直到我心生愧疚为止。"

米基咧嘴一笑,眼睫毛扑闪起来,"汪汪!"

博士专注地盯着屏幕,头也不抬地说:"我口袋里还有一些零钱,你能买点牛奶和饼干吗,罗丝?对了,还得帮你的'杰克罗素梗'买点狗粮。"

罗丝轻叹一声,从博士的旧夹克兜里掏出一把钢镚,其中几枚货币是古罗马的塞斯特斯,还有一枚是十镑的硬币,上面印着威廉五世的头像。她滑下椅子扶手,差点被游戏机的线缆绊倒。

"别太想我哦!"她说。

博士仍然直直地盯着屏幕,"已经开始想你了。"

3

罗丝从米基公寓外的走廊向下看,发现商店周围几乎没有人。或许,人们都在家里打游戏,像米基一样对奖金心心念念;又或许,他们看到达伦·皮靠在墙边,所以决定绕道走。

她一下子就认出了达伦,尽管他离开学校——应该说不上学——已经有几年了。她曾多次引起达伦的注意——如果你喜欢打抱不平,不愿当受害者,这种事情便会发生——同时也解救了不少人。

罗丝才不会让达伦这样的恶棍拦住自己去商店的路。她径直走下楼梯,响起了阵阵脚步声。达伦竖起耳朵,懒洋洋地扭过头来,"喂!你!给我站住!"

她不理不睬,径直走过。

"我在跟你说话呢,傻瓜!"

罗丝还是没有搭理对方。她连外星人都不怕,又怎会让一个不成熟的恶徒惹恼自己?他的武器猜都能猜出来,罗丝心想,棍子和石块。

他继续说:"我听说你妈也是个傻瓜。"

听到这句话,罗丝顿时怒火中烧,但她转念一想,如果达伦·皮见过奈斯汀意识[1],一定会吓得尿裤子的。想到这里,她不禁笑了出来。

罗丝走进商店浏览着货架,买了两品脱的半脱脂牛奶和一包蛋奶冻。保险起见,她又拿了一盒茶包。"谢谢。"她一边对柜台后面的莫林说,一边把全部东西装进蓝色的塑料袋,"那么,我能得到一张刮刮卡吗?"

莫林哼了一声,"不能,我这儿没有那些该死的卡片。人们为了赢取那些破奖品,都跑到城里买东西了,即使只买一条面包。我知道,我家的货可能要贵一点,但坐公交车进城还得花一块二毛钱呢!这样算下来,我的面包总价可便宜多了。你可以把我的话告诉你妈妈,小罗丝。"

罗丝笑道:"别提了,说得好像她会听似的!哪儿有便宜货,我妈妈就会出现在哪儿,反正她有公交卡。"罗丝拎起袋子,笑着跟莫林道别。她正要转身离开,突然听到了一阵哭声,对方似乎正饱受痛苦。接着,她又听到了一阵笑声。

当别人遇到麻烦时,罗丝总是毫不犹豫地上前帮忙,尽管有时会判断失误。"你连情况都没搞清楚就瞎掺和。"妈妈总这么

---

1. 新版《神秘博士》剧集第一季中出现的外星人。

说,既为女儿感到骄傲,又担心她的安危。

于是,罗丝立刻跑出商店,循着哭声的方向奔去。德赛太太正坐在地上,双手紧捂着脑袋,指间涌出一股鲜血;达伦·皮正捡起石块,准备朝她砸过去。即便是棍子和石块,罗丝心想,也会伤到人的。

她猛地向达伦扑了过去——显然,这种做法很不理智,也容易引起对方注意。但她还是这么做了。"住手!"她大吼一声,"你再动一下试试?!"她将蓝色塑料袋抡过去,逼得达伦扔掉了石块。

塑料瓶在猛烈的撞击中砰地裂开,白色的牛奶洒了达伦一身。他像落水狗一样摇晃脑袋,把液体从头发上甩下来。

"有没有搞错?"达伦一把拎起罗丝衣服上的兜帽,让她站立不稳,"小丫头片子还想逞英雄?"

她努力挣脱他的手,"我对抗过比你麻烦得多的家伙,而且,他们可没你这么难看——如果你见过斯莱林人[1]就知道了。"

达伦推了她一下,随即掏出小刀,"你这是一错再错。"

刹那间,除了那把刀,罗丝什么都注意不到了。

突然,一只穿着皮衣的手从达伦的肩膀后面伸了出来。他的手腕被抓住一拧,小刀咣当一声掉到了地上。

---

1. 新版《神秘博士》剧集第一季中出现的外星人。

021

"真调皮。"博士说着,一把推开达伦。后者踉跄了几步,等保持平衡之后,又从地上抓起了小刀。

博士岿然不动,坚定地说:"你真的想冒这个险吗?"

令罗丝感到庆幸的是,达伦做出了明智的决定。他瞪了两人一眼,转身大摇大摆地走远了。从背后看,牛奶还在顺着他的脖子往下流。

等达伦拐过街角完全消失后,博士转向罗丝说:"单枪匹马对付一个比你壮、还拿着刀的男人,这可真是个好主意。"

她耸了耸肩,带着既释然又尴尬,还有点逞能的语气说:"在当时看来,确实是个好主意。"

他低头看了一眼滴着牛奶的袋子,"不过说句公道话,还好你买了不少牛奶。"

"请叫我'冰雪复仇者'。"

"我应该叫你'奶油皇后'。"博士说。[1]

她笑了起来,"牛奶可能会告我犯了殴打罪。"

这时,躲在商店里的德赛太太和莫林走了出来。"干得好,罗丝!"莫林喊道,德赛太太则害羞地挥挥手表示感谢。

"德赛太太,如果我是你的话,就会去医院检查一下伤情。"罗丝说。

---

[1] 罗丝和博士都在拿冰激凌品牌"冰雪皇后"的名字开玩笑。

"你不会的。"博士在一旁低声说,"你会像士兵一样继续勇敢地战斗。"

罗丝瞪了他一眼,"你出来干吗?臣服于茶歇的诱惑了吗?"她从袋子里拿出碎了半包的蛋奶冻,在博士面前晃了晃。他接过来,打开包装,挑出一只完整的蛋奶冻放进了嘴里。

"我滴叽居感应震嘟了。"[1] 他开口道,嘴里塞满了面包屑和奶油馅。

"正经点。"罗丝说,"嘴里包着东西讲话可不礼貌哦。"

博士把食物吞了下去,"我正经得很!我接收到了你遇险时发出的求救信号。"他伸出食指在头上转了一圈,表示自己收到了信号。

有那么一瞬间,罗丝信以为真了。毕竟,她不知道博士的外星大脑是如何运转的。但她随即反应过来,博士肯定是在哄骗自己,因为她没有发出喊叫。

罗丝轻哼一声。

博士咧嘴一笑,"我跑出来是因为游戏玩腻了。"他说,"对于我这样的头脑来说,这款游戏没啥挑战性。"

"你打败米基了?"她问。

"你觉得呢?我当然打败他了,而且高出好几千分呢!就在

---

1. 博士的原话是"我的蜘蛛感应震动了"。

我欢呼胜利的时候,米基请我离开了他的家。"

罗丝满腹狐疑地笑了起来,"米基·史密斯把你赶出门了?"

博士看起来有些尴尬,"我说过了,是我自己跑出来的。"他说,"来吧,我们去玩点儿不那么无聊的游戏。"

图普星相对不那么荒凉的地方,伫立着两座建筑,其中一座好似巨型金字塔,只是顶端被削去了,几百处出入口遍布其中。目之所及,整座建筑似乎处在巨大的穹顶之下。穹顶有着淡淡的紫色线条,如同一只倒扣的大碗。不过,这也可能是光影的把戏。

旁边那座建筑虽然也十分巨大,但跟削去顶端的金字塔相比则小得多。建筑方方正正,稳稳当当,结构简单,没有看得见的出入口。里面有许多房间,其中就包括被称为主控室的地方。主控室内一片喧嚣,豪猪人正在来回跑动,检查着屏幕和表盘。"真是令人惊讶!"有人尖叫道,"这名玩家已经对游戏非常精通!速度和技巧都——"

"通往终点的路还长着呢。"另一个打断道,但他的警告被无视了。

"玩家控制的载体已进入下一关!"第三个豪猪人兴奋地喊道,"胜利就要到来了!"

一个敦实的豪猪人把兴高采烈的同伴赶进传送间,"做好准备！别耽搁了！胜利到来的那一刻，你们将被传送到曼托迪恩的据点。行动吧！"

豪猪人整装待发，竖起了背上的鬃毛。一个激动的小豪猪人不慎飞出一根刺针，正好击中传送器端口。那个敦实的豪猪人听到声音，立刻转过头来。

"对……对不起……弗里内尔！"小豪猪人尖叫道，害怕极了。

弗里内尔怒目而视，"要不是我必须时刻做好传送的准备，你定会受到惩罚！"他的爪子悬在传送器的红色按钮上，"胜利临近了……"

"呃……胜利停下了。"一个豪猪人紧张地说，爪子轻轻敲击键盘。

另一个豪猪人接过话头说："这些玩家总喜欢暂停游戏休息一会儿，不像我们的战士那样拥有耐性。"表示赞同的低语在房间里纷纷响起。

"不，游戏终止了。"紧张的小豪猪人说，"我们只能期望载体在游戏重启后还活着……"

其中一个豪猪人盯着屏幕叹息道："螳螂怪已经过来了！"大家都跑过来查看究竟发生了什么事，就连那些传送间里的豪猪人也围了上来。

"它们可能没发现载体……"

"不，拐角处的两个已经有所察觉了。"

"左边的螳螂怪马上就要过来了！愚蠢的载体，只知道杵在那里！"

"没有玩家进行控制，载体什么都做不了。"

"就这样吧。在玩家回来之前，快去连接另一个载体并带回起点。"

豪猪人首领弗里内尔咕哝道："我需要找到那名玩家，因为没有其他人表现出如此高超的游戏技巧！他是带我们走向宿命终点的那个人，将在我们的操纵下完成游戏。快追踪信号，把定位发给地球分部的探员。"他停顿了一下，"话说回来……"他转身背对众人，只听见嗖嗖几声，一大簇刺针飞向了不幸的小豪猪人。后者随即应声倒地。

"我们的队伍必须纪律严明。"弗里内尔说。

米基·史密斯有点后悔把博士轰出去了。倒不是因为他想跟那个自以为是的家伙待在一起，而是因为罗丝还没把牛奶和饼干买回来。他在厨房里翻箱倒柜，除了一盒过期的麦片和一大罐腌洋葱外，一无所获。这两样东西还是罗丝妈妈不久之前送来的。他拧开盖子，拣了一颗腌洋葱，若有所思地嚼了起来。

博士的个头比他高，长得比他好看，拯救世界的次数也比他多……这些差距米基都能忍受。但当那个家伙在虚拟世界里碾压自己的时候，他感觉有点过分了。毕竟，游戏来自地球，而玩游戏是米基的强项。他本应该赢过博士的。

他心想，都怪这款游戏又新颖又古怪。要是他们玩《侠盗猎车手》或者《刺猬索尼克》，博士根本没机会赢过自己。但这款游戏画面猎奇，玩家得花时间慢慢适应，而米基玩得还不够久。

他又取出一颗腌洋葱，然后踱步回到客厅。他打算好好练习一番，下次重新挑战博士。这只是一款游戏而已，博士，别害怕我会打败你。说不定，博士在输掉游戏后就会转移话题，开始炫耀自己时间旅行的经历了……

奇怪的是，游戏机虽然闪烁着灯光，但屏幕上根本没有图像。

就在这时，米基家的大门被人撞开了。

当看到帕西豪猪站在门口时，有那么一瞬间，米基产生了一个疯狂的想法：对方是来维修游戏机的。他知道这个想法很愚蠢，因为故障申报没这么快，而且眼前这个不知是男是女的家伙连门都没敲。

接着，米基回想起博士出现之后总会发生的种种怪事，立刻意识到这家伙并不是穿着人偶服的人类，而是来自外星的豪猪人。所以，当看到对方举起能量枪指着自己时，米基一点也不惊讶。

4

罗伯特一直怀疑他并非妈妈的亲生孩子。他深信自己是鹤立鸡群、万里挑一的天选之子。

终于有一天，证据出现了。他收到一封精美绝伦、无上荣光的来信，上书：亲爱的沃森先生，我们愉快地通知您，您是一名正统巫师。在下一学年来临之际，我们期待您入读多兹宾魔法学院。

罗伯特的妈妈只好承认，他的确并非亲生，他的生身父母乃著名巫师，举世无双，但被邪恶的黑魔头所害。人们担心罗伯特难逃厄运，便将尚在襁褓之中的他暗中托付给世间最令人生厌、软弱无能、愚不可及、一事无成的女人。这样一来，方能无人知晓。

如今，黑魔头步步紧逼，即将一统寰宇。罗伯特唯有在魔法学院潜心深造，学习咒语，方能成为巫师界的旷世奇才，打败魔头。待他功成名就之时，所有嗤笑过自己的男孩都将侧目而视，所有女孩都会暗送秋波……

现在，他得打点行装，动身前往魔法学院了。

罗伯特正在收拾行李。不过，他并不是去想象中的"魔法学院"，而是去阳光沙滩。

他很乐意躺在沙滩上，用墨镜隐藏自己的真实意图。他可以偷瞄穿着比基尼的女孩，幻想她们在自己面前驻足停留，投来阵阵崇拜或欣赏的目光，而不是对苍白瘦削的弱鸡报以怜悯或表露轻蔑。

但是，他是跟妈妈一起去旅行的。

"哦，萝卜头，我们将度过一段美妙的时光！"妈妈这样说道。就算当着朋友和女孩的面，妈妈也照样叫他"萝卜头"。这个女人总是捧着垃圾杂志放声朗读，弄得周围的每个人都听得一清二楚；这个女人总是穿着破烂的衣裳，戴着丑陋的墨镜，让罗伯特很没有面子；这个女人总是给旁人讲述关于罗伯特的种种囧闻，甚至不厌其烦地从尿床的故事开始讲起；这个女人总是为鸡毛蒜皮的小事在餐馆里大呼小叫，让他恨不得找条地缝钻进去……

前几天，妈妈去了趟商店，然后赢回了一台游戏机。虽然里面只有一款游戏，但相当有意思，罗伯特玩得乐此不疲。没过多久，妈妈又中了假日之旅的大奖，打乱了罗伯特的全部计划。他本以为自己整个夏天都可以待在家里听歌、看书、玩游戏，或者幻想自己去商店与苏茜·普莱斯展开亲切的交谈——苏茜会在言语之间暗示他是一名伟岸君子。这比真的去商店好多了，因为其他所有破坏幻想的事都不会发生。

中奖卡片上既没写目的地在哪儿，也没说个人还是全家可以去。罗伯特默默祈祷，希望妈妈出乎意料地决定独自前往，不带他。可妈妈跟主办方说，如果不带着"萝卜头"，她就不去度假。对方同意了。

于是，罗伯特只好收拾行李，准备去度假。

当他抵达魔法学院时，巫师之首将与他执手相叙："罗伯特·沃森！见到你是我至高无上的荣耀！我深知你才华横溢、无所不精，因为你是非同寻常的天选之人。"

"如果你愿意的话，我们可以回你妈妈家。"博士提议道，但罗丝感觉他并不想回去。

"我告诉过她我们会回去的，"她说，"但要先做点别的事情。我知道，我们现在不需要拯救世界，但找些小事来施以援手，比如拯救一个小村子什么的，还是能应付得了。"

"所以，把你从持刀歹徒手下救出来算不上我今天的善举了？"博士问道。

"说到这个，我一直不明白为什么童子军每天只能做一件好事。"罗丝说,"如果他们扶老奶奶过了马路,那看到有人溺水会不会见死不救?"

博士咧嘴一笑,"童子军条例非常严格:你每天最多只能做一件好事,不能再多了。如果你不小心额外帮了忙,就不得不踢一下小狗来维持平衡,否则不能去露营。"

罗丝想了一会儿说:"那你的种族有类似的条例吗?你们是不是叫太空童子军?"

他点点头,"有的。我在时间旅行、怪形学、星运干涉和烹饪等方面都获得了勋章。"

"怪形学?"

博士笑着说:"发现怪物的课程。大概叫这个名字,也可能是我瞎编的。"

他们在路上继续行进,发现沿街张贴着许多海报,每张上面都画着邀请人们参与抽奖的巨型豪猪人。

"看着实在太廉价了。"罗丝说,"商家连设计都懒得做,就让人穿着豪猪人偶服拍了张照片。"

博士凑到公用电话亭前察看海报,鼻子都快贴在上面了。

"如果你想知道在人人都有手机的时代,为什么还保留着公用电话亭,那我可不清楚。"罗丝说。她把手伸进兜里,却没摸到手机。

"可能是为那些把手机落在妈妈家的笨蛋准备的。"博士仍然盯着海报,"我们得进城一趟了。"

"为什么?"

"看到豪猪人的手腕和脚踝没?我敢说,人类的四肢绝不可能穿进去。"

罗丝差点跳到半空中,"所以他们是外星人吗?通过抽奖占领地球?"

博士耸了耸肩,"我可没说他们要占领地球。甜饼怪[1]就从未占领除了饼干之外的其他东西。"

罗丝看了他一眼,"但甜饼怪是个布偶!"

博士露出了意味深长的笑容。

"有人在里面操纵和配音的!"

博士又笑了,"你们人类可真好骗。"

"你说的是真的吗?甜饼怪是外星人?"

博士大笑起来,"你们人类太好骗了吧!"

这时,一辆公交车停在了路边。博士一把抓起罗丝的手飞奔起来,趁车开走前跳了上去。他直接把钱递给司机买票,被后者瞪了一眼。不过,没人注意到罗丝手里的公交卡已经过期了。

"我简直像个犯罪分子。"罗丝摇摇晃晃地走到座位上说。

"是啊,别指望我给你交保释金。"博士回应道。

---

1. 美国儿童电视节目《芝麻街》中的蓝色布偶角色。

"所以，那些豪猪人真的是外星人吗？"罗丝靠近博士问道，不让前排爱管闲事的大妈听见。那群大妈似乎对两人很有意见，不知是因为他们在车子启动后才跳上来，还是因为博士已经老到可以当罗丝的爸爸了。她猜测可能是后者。罗丝很想朝大妈们大喊："你们怎么知道他不是我爸爸？"

"我不确定是不是外星人。"博士说，"可能是经过处理的照片。"

"好吧。"她说，"无论如何，海报都会骗人的。我们现在去哪儿？"

"抓点怪物，买点东西。"

"以防万一？"

"以防万一。"

帕西豪猪的摊位恰巧摆在大街中央，海报贴得到处都是。摊位外面有几个人正在排队，手里都攥着中奖卡片。

"我就纳闷儿了，外星人也会费心申请摊位许可吗？"罗丝说，"这可能是条线索。"

博士和罗丝排在队伍最后，看见中奖者把卡片举到亮着红灯的控制面板前。随着"哔"的一声，灯变绿了。那个人走进室内，身后的门重新关上，灯又变红了。

"安保工作相当精细啊。"罗丝说，"或许，商家不希望奖品被人偷走；又或许，他们预料到游戏手柄迟早会报废，因此加强安保以抵挡一群愤怒的死宅玩家。"

"不管怎么说，我们首先得拥有一张中奖卡片。"博士说，"就像《查理和巧克力工厂》[1]里写的那样。"

不一会儿，刚才那个中奖者出来了，手里还抱着一盒游戏机。接着，排在后面的女士举起了卡片。博士和罗丝赶紧上前，跟那名女士贴得很近，后者立刻扭过头皱了皱眉。"对不起。"博士回以迷人的微笑，"我们想……"

女士忙不迭地穿过开启的大门，走进了室内。博士还没来得及伸出一只脚，门就砰地关上了。

"那我们就在这里等她出来吧。"博士做好了随时潜入的准备。

"如果这不是外星人干的，你该怎么向商家解释？"罗丝问道。

"我们又没犯任何事。"他回答道，"到时候就说，我卡在了第六关，希望了解一些通关攻略。"

罗丝的余光瞥到了什么东西，"你看！那不是刚才进去的女士吗？"

博士抬起头，只见那位女士正抱着盒子从远处走过，"我想

---

1. 英国作家罗尔德·达尔1964年创作的儿童文学作品。

是的。"

罗丝认真地思考起来。"这就说得通了。"她说,"一定是外星人干的!他们先把人们引诱到房间里,然后制造出复制人。安保措施之所以如此严格,是因为他们不想被人发现!"

"又或者……"博士转悠到一边,向她招了招手,"他们担心我们会偷偷溜进去,所以送那名女士从后门出去了。"

博士从口袋里掏出音速起子,"让我检测一下他们的安保设备。"

罗丝不安地在街上来回张望。"我们站在这里太显眼了,"她说,"你就不能买点东西抽奖吗?"

博士在控制面板前比画起来。起子嗡嗡作响,可红灯并没有变化。

"好吧。"他把音速起子收进皮夹克,"大门好像不想被人打开。看来,外星力量的确介入了其中。"他补充了一句。

他们轻轻松松就找到了一家做促销活动的商店。博士买了把牙刷,罗丝买了块巧克力。两人走出商店,比对着手里的刮刮卡。

"谢谢惠顾,再接再厉。"罗丝说。

"我的也是。"博士从她手里接过没中奖的卡片,把它们放进口袋收好,"我们再试一次,好吗?"

"好吧。"罗丝说,"但我们能换家店吗?如果继续买下去,别人会发现我们是为了中奖才买东西的。这么做感觉太尴尬了。"

"现在可是在拯救世界,而你却想着这种感觉很尴尬?"博士嘲讽道。

罗丝接受了博士的批评,但还是坚持换一家商店。这种感觉就像戴着阔边帽、穿着新潮的T恤衫走在海边一样。要是在宇宙飞船上或者异地他乡做这种事,她觉得要容易得多,也不会太在乎旁人的目光。在隔壁商店,博士买了一摞便利贴,罗丝则买了一支圆珠笔。

"谢谢惠顾,再接再厉。"

在下一家商店,罗丝买了一罐饮料。博士显然厌倦了这种做法,直接拿出一大堆零钱,买了十七份一模一样的报纸。

两人站在门口刮着卡片上的银色覆膜,博士还时不时地给路人分发报纸。没有一张卡片中奖,他们的钱也越来越少。

"我有个主意。"罗丝说,"你说过他们可能是外星人,对吧?"

"所以?"

"所以,他们说不定使用了外星科技。如果我们拆开游戏机的话……"

"太棒了!"博士说,"这样一来,我们就能知道他们到底想干什么。"

"那我们现在去米基家?"

博士点了点头,"好啊。茶包还有吗?"

她莞尔一笑,"有的。不过,我们剩下的钱还能买一品脱牛奶吗?"

剩下的钱刚刚够。当柜台后面的男人递过来一张刮刮卡时,罗丝大吃一惊,因为这才是她真正想要的东西。就是这种感觉,她想,就像《查理和巧克力工厂》里写的那样——当你特别渴望中奖时,机会便在突然之间到来了。她露出微笑,想象博士看到自己兴奋地挥舞中奖卡片时的表情,然后用指甲把银色覆膜刮了下来。

卡片上写着:谢谢惠顾,再接再厉。

5

博士和罗丝搭车回到住宅区,朝米基的公寓走去。一开始,罗丝并没有意识到出事了。

"你走的时候没关门吗?"她问道。

博士摇了摇头,看起来有些担心。他走进屋内,到处张望,罗丝紧随其后。公寓里空无一人,电视还开着,游戏手柄放在客厅的桌上。啃了一半的脆洋葱掉在地上,上面的牙印清晰可见。

"有人踢开大门闯进来,出其不意地抓走了米基。"博士跑到门口,"快看这儿!"他指着门板下方的刮痕。

"这是什么?"罗丝问。

"踢开这扇门的人留下的爪痕。"博士说。

"看上去像是帕西豪猪的爪子?"

"就是他们。"

博士和罗丝走进屋内,关上了门。"大门敞开了这么久,电视竟然还没被人搬走。"博士说。

"喂!"罗丝生气地说,"你又不住在这儿,别乱说!"

"难道连猜测也不行吗?"

罗丝点了点头,找了把椅子坐下来,四处张望寻找线索。"不行。要是有人说你是自大的万事通,从不听别人讲话,那我也会把他骂一顿。"

博士没说话,转而撬开游戏手柄的背板,在里面乱戳一通。"他们肯定是外星人。"他说,"有麻烦了。"

"会不会是拥有先进技术的人类?"

他摇了摇头,"不会。"

"那他们是不是在到处绑架游戏玩家?"

他又摇了摇头,"如果玩家都被绑架了,人们一定会注意到的。另外,这么做的意义何在?米基被带走是有原因的,而我觉得这个原因显而易见。"

罗丝专注地想了想,身体前倾,"对你这样的头脑来说也许显而易见。我猜,这或许跟游戏有关,但米基之前玩了好一会儿,什么事也没发生啊……"她恍然大悟,猛地一拍椅子扶手,"然后你来了,在短时间内超过了他的得分!监控分数的外星人想找到这个游戏天才,结果抓走了米基。是这样吗?"

博士试着把手柄恢复原状。"你可算想明白了。"他笑着对罗丝说,"你还应该想到的是,一旦看到米基缺少智慧的双眼,他们马上就会意识到自己抓错人了。"

罗丝皱了皱眉,"你又不了解米基,没有资格这么评价他。

不管怎么说,他并不傻,至少取得了中等教育普通证书呢。"

"我向他道歉。"博士微笑着说,可实际一点表示歉意的样子都没有。

罗丝决定换个话题,问道:"他们想从米基——或者说你——那儿得到什么?难道这款游戏是某种奇怪的智力测试?找到并绑架最聪明的人类,然后绞尽他的脑汁?"

博士欲言又止。

"你敢再吐槽米基一个字试试!他的脑子现在随时可能被外星人榨干!"

等罗丝不再大吼大叫后,博士张开了嘴:"也许吧,但可能性很小。别担心,米基应该没事。"

罗丝看起来松了口气,"真的吗?"

博士诚恳地说:"真的。"他顿了顿,"嗯,也许吧。不如我们现在就去救他,好吗?"他瞅了一眼液晶屏闹钟,"时间充裕,回来应该还能赶上喝茶。"

罗丝露出一副"我可不信"的表情,"好吧,我相当肯定你想去救他。"

博士在另一张椅子上坐下来,"我只是不愿看见他在我眼皮子底下被外星人绑走。你明白吗?"

罗丝点点头以示回应。她不知道博士是假装不在乎,还是真的毫不在意。时间紧迫,她还是别想了。

可是，博士看起来并没有任何行动。她等了一会儿，说："怎么，难不成你要喊出'雷鸟神机队出动！'才肯出发吗？"[1]

"怎么，"博士说，"难不成你学过豪猪人追踪术吗？"

罗丝瞪了他一眼，"这有什么难的？大家一定注意到有一个扛着人类的豪猪人在附近徘徊。"

博士摇摇头，"不，你闻闻这里的空气。"

罗丝闻了一下，打了个响亮的喷嚏，把自己吓了一跳。"嘿！"她说，"打了喷嚏最好许个愿。"

"比如，许愿让我们知道米基被传送到哪儿去了？"博士提议道。

"传送？"罗丝说，"你怎么知道他被传送了？"

"这里的空气带给人一丝独特的刺痛感，一定是传送之后留下的。"博士说，"这意味着我们的豪猪朋友拥有相当先进的科技。"

一想到米基的身体被分解后飞速转移，罗丝便害怕地颤抖起来。她回想起之前经历的种种冒险，"你成功逆转过远程传送。"

"如果我在控制端的话就能做到，但在这里可没法儿逆转。"博士说，"不过……"他咧嘴一笑，拿起游戏手柄，"钓

---

1. "雷鸟神机队出动！"出自英国著名科幻木偶剧《雷鸟神机队》，该剧讲述了宇航员进行外星救援、与火星人搏斗等故事。

鱼时间到了!"

罗丝花了点时间才明白博士的意图,"你想当一回诱饵,让豪猪人也把你抓走?"

"是的。"博士按下按钮,做了个鬼脸,"游戏开始。"

"至少你不用再过一遍新手训练关。"罗丝说,"不管怎样,我们会获得不少线索。"

卡通形象的豪猪人跳着舞掠过屏幕,又慢慢退出画面,最后,马赛克图像显现出来。看来,他们真的是外星人。

"你说得没错。"博士说着,在屏幕上勾选选项。

游戏开场,一群豪猪人围坐在桌边,似乎在召开作战会议。"同胞们!"其中一个豪猪人说,花白的长鬃毛从头顶披散下来,跟摇滚青年的发型一样,"今天我们齐聚一堂,是为了商议如何对抗邪恶螳螂怪的威胁。"画面同步切换到巨型螳螂怪,然后又切回豪猪人的会议桌。

"可我们究竟能做什么,弗里内尔?"另一个豪猪人问,"战斗双方陷入僵局,根本无法打败彼此!"

这时,画面变成了卡通动画:一只螳螂怪钳住了豪猪人粗壮多刺的脖子,又不得不晃动触角松开下颚;一个豪猪人背对螳螂怪射出大量刺针,可全被对方的甲壳挡了回来。

"看来,宇宙本想安排双方和谐共生。"博士在罗丝旁边说,"他们本可以和平共处。"

画面又切回会议桌上,一个豪猪人说:"我们正尝试渗透进曼托迪恩的据点。"

屏幕上,一座被削去顶端的金字塔建筑显现出来,似乎坐落于沙漠之中。螳螂怪在几百个出入口穿进穿出,在巨型建筑的衬托下显得格外渺小。

"那是一颗沙漠星球。"博士对罗丝说,"地球上就有生活在沙漠中的豪猪和螳螂。豪猪人和螳螂怪出现在那样的外星环境里也不足为奇。"

"真的吗?"罗丝说,"宇宙是这样运作的?"

"是的。"博士回答道。

豪猪人再次出现在屏幕上。"据点的地下室不适合我们这样的大块头进入,"他说,"螳螂怪在里面布置了复杂的陷阱。"

那个叫弗里内尔的豪猪人眯起淡粉色的眼睛,流露出对敌人的蔑视之情。"这就是为什么我们要发明绝妙的远程传送技术——不仅可以深入据点中心,还可以获得价值连城的矿藏。"

"啊哈!"博士说,"说到底还是为了寻找财富。"

"但是,卑鄙的螳螂怪也升级了技术!"弗里内尔咆哮道,露出了粗短可怖的大黄牙。

"豪猪是食草动物,对吧?"罗丝有点紧张地问道。

弗里内尔接着说:"为了阻止我们进行远程传送,它们开启了保护据点的力场!更糟糕的是,力场只对豪猪人有影响!"

下一段卡通动画中,一个豪猪人正跑向金字塔,可随着一阵嘶嘶声,锯齿状的线条把他烧煳了。

"太可怕了!"作战委员会的一个豪猪人喊道,"我们有什么解决办法吗?"

"我有个主意。"弗里内尔说,"我们可以在宇宙中寻找那些聪敏机灵的外星生物,然后送到图普星上。他们会为我们潜入曼托迪恩的据点,一路躲避陷阱,直捣老巢。最后,他们会把这个东西——豪猪人科学家发明的干扰装置——放在螳螂怪的设备库附近。"他说着,举起一个闪闪发光的金属块,"届时,干扰装置将破坏所有设备,一举摧毁力场。我们终将取得胜利!"

"我们在哪儿才能找到这样的外星生物?"一个豪猪人问。

另一个豪猪人快步跑到桌边,"弗里内尔、同胞们!我在可传送范围内发现了一颗行星!那里的生物能征善战,智力超群!"

"什么行星?"弗里内尔问。

这时,画面切换到一颗眼熟的蓝绿色星球。

"地球!"那个豪猪人说。

"编得还挺像回事儿。"博士对罗丝说。

随着一阵嗡嗡声,画面瞬间改变,一个全新的豪猪人出现了。屏幕右上角的计分器显示为零。

"游戏终于开始了。"博士说。

"人类,感谢你的加入。"豪猪人说着,递上了干扰装置。博士按下按钮,从对方手里接过东西。与此同时,屏幕下方出现一个小图标,旁边写着:干扰装置已就绪。随后,豪猪人挪到一旁,露出了身后的一扇窗户。窗外一片黄沙,远处矗立着螳螂怪的巨型金字塔。"现在,豪猪人一族的命运掌握在你的手中。"豪猪人拉动墙上的操纵杆,一道微光闪过,眼前的窗户突然变成了一堵截然不同的墙壁,上面还有一扇门。博士操纵游戏手柄,走向门口。

"真不错,终于改用动画讲解了。"博士说,"省得你被绑住后还要听反派在那儿唠唠叨叨。"

"你觉得他们说的是真话吗?"罗丝说,"关于力场、玩家之类的?"

"就算不是真话,也没什么奇怪的。"博士按下按钮,门迅速打开,"要知道,没多少人会相信游戏的故事背景。即便有人意识到豪猪人和螳螂怪可能真实存在,又能做些什么呢?告诉别人然后被当成疯子吗?"

罗丝想了想说:"外星人在自己的星球上打架又不会打搅到人类。"

就在此时,屏幕上出现了第一道谜题,题型跟上次的还不太一样。博士很快便解开谜题,进到了屋内。他操纵角色爬出通风口,跨越深坑,又穿过了弯弯曲曲的迷宫。

"我可算知道为什么那些豪猪人进不来了。"罗丝评论道,"他们根本不擅长跳跃。"

博士同时按下几个按钮,跳过了一块块小平台。突然,几只螳螂怪出现在通道尽头。博士急忙前倾身体,使劲按下手柄的蓝色按钮。屏幕上立刻出现一把手枪的小图标,旁边写着:手枪已选取。

博士的拇指正悬在代表发射的红色按钮上,罗丝一把抓住他的胳膊。"不要!你不能开枪!这些螳螂怪是真实存在的,你会杀了它们的!"

博士只好按下另一个按钮,操纵角色弯下身体潜入旁边的通道。螳螂怪渐渐消失在视野之中。博士坐直身体,看着罗丝,"抱歉,我刚才有点冲动了。"

罗丝微微一笑,"我也有点激动。有那么一瞬间,我想让你开枪。毕竟在游戏中,不是你死就是我亡。"

博士点点头,"你说得对,我不应该开枪。就算我得从头开始游戏,继续耗上半个小时,米基应该也没什么事。"

罗丝倒是没想过这一点,下意识地皱起了眉头。要是外星人当着自己的面抓住米基,那她可以把他们全都干掉。但在游戏里就不太一样了。博士也许是对的,如果米基只是被关在某个地方玩游戏呢?说不定外星人还会提供茶和饼干?

"在游戏通关之前,你还要花多长时间?"她问。

"我不会通关的。"博士说,让罗丝吃了一惊。

"因为游戏太棘手了?"她简直无法相信博士的话。

博士大笑起来,"我倒希望如此!"他转而严肃地说,"在短时间内,我的得分是最高的,对吗?"

"没错。"她点了点头。

"我想,这就是为什么豪猪人带走了米基。在他们看来,他是通关的唯一希望。一旦米基激活干扰装置,游戏也就结束了。如果我帮豪猪人达成了目标,他们既不会来抓人,"他意味深长地看了罗丝一眼,"也不再需要米基了。"

罗丝恍然大悟,声音有点发颤,"是的,我明白了。"

"只要超过之前的得分,我就会暂停游戏,等他们来接我。"博士顿了顿,戳了一下手柄按钮,"随时恭候。"

他的拇指在按钮上快速移动,然后停了下来。他叹了口气,把手柄放在桌上,"高出一百分了,应该能引起他们的注意。"

一想到巨大的豪猪人随时可能出现,罗丝就没办法放轻松。"等我们传送过去之后又该怎么办?"她问道,"你有什么计划?"

"嗯,"博士说,"也许,你可以先确认自己是否准备妥当了。你准备好迎接随之而来的危险和挑战了吗?"

"什么?"罗丝觉得博士的话有时候难以捉摸,"我当然准备好了,你知道的,时刻准备着。"

博士咧嘴一笑,"是啊,我知道。不过,你最好躲到沙发背后去。"

罗丝怒目而视,"要是你认为我必须躲起来,而你却可以到处乱跑——"

"不,不,不。"博士急忙解释道,"豪猪人绝想不到这里还有别人,所以你是安全的。到时候,你只要抓住我的脚踝,就能跟我一起进行远程传送。运气好的话,你可以在被发现之前爬着离开。"

罗丝惊恐万分,"这算什么绝妙的计划?!"

他摊开双手,"计划可行!豪猪人的脖子相当粗大,不会低头注意到你。"

博士的解释并没有让罗丝信服,但她明白没有更好的计划了。"为什么不是你躲起来?"她提出最后一点疑惑。

"我的身高有一米八几!"博士说,"怎么可能躲得进去?"他拍了拍沙发,"而且在沙发背后躲避怪物也太羞耻了。"

罗丝冲他扬了扬眉毛,最后还是躲进了沙发和墙壁之间的缝隙。博士在她头顶放上沙发罩,多少还能遮住一点。"噢,太恶心了!"她大声喊道,"这个地方八百年都没有打扫了。"她继续说,"我找到了一块小甜饼!"

过了一会儿,她喊道:"我找到了一枚硬币!"

又过了一会儿，忧心忡忡的声音传了出来："我不知道这是什么东西，但刚才把手肘搁在上面了……"

刹那间，罗丝闻到了某种味道。空气中弥漫着浓烈的气味，好像刚刚喷洒过柠檬汁，激得她鼻子嘴巴直痒痒。

"时间到。"博士坐在椅子上说，"抓紧了。"

罗丝抓住博士的脚踝，心不在焉地想，这是件多么奇怪的事儿啊！一个九百岁的外星人竟然穿着菱形印花袜子，跟她在商场里销售的款式一样——纯棉透气，三双只要不到九块钱。

一阵撞击声袭来，豪猪人准是又把大门踢开了。博士立刻站起来，故作惊讶地说："哦不！你们为什么拿枪指着我？我会乖乖跟你们走的。"

罗丝从沙发罩下方看到，一对爪子挡在了屏幕前。画面中，愤怒的螳螂怪正成群结队地拥上来，下颚咔咔作响。

游戏结束，罗丝心想。随后，眼前的一切都消失了。

6

有那么几秒钟,罗丝感觉自己快不行了,大脑一片混乱。她感到头晕恶心,皮肤刺痛,像是在放了泡腾片的水里洗了个澡似的。她浑身动弹不得,不知道四肢是否还连在身上。随着大脑逐渐恢复清醒,她看到自己的胳膊正不受控制地摆动着,便饶有兴致地观察起来。等意识不再模糊后,罗丝才发现自己死死抓着某个东西,而它正努力把她的手甩开。过了一会儿,她终于反应过来那个东西是博士的脚踝,随即松了手。我在哪儿?发生了什么事?之前的记忆重新涌入罗丝的大脑。

她听见博士正在大声说话,似乎想分散她的注意力;她看见豪猪人的双脚就在眼前——难看的爪子上面还长着又粗又黑的毛。罗丝一动不动,不敢发出一点声音,小心翼翼地打量着周遭的环境。她趴在水泥地面上,周围没有任何遮掩,附近只有一些零散的设备:文件柜、椅子、显示器。罗丝尽可能迅速地爬过去,悄悄躲到了那堆设备后面。她还没来得及收起伸在外面的双脚,旁边的一扇门就猛地打开了。豪猪人的爪子啪嗒啪嗒地踩着地面，脚步声越来越响。

罗丝的身体并没有完全恢复，恶心的感觉还未消退。她检查着四肢，想知道自己有没有缺胳膊少腿。她的手指一直这么长吗？她的双脚一直这么小吗？最后，罗丝得出结论：自己的身体完好无缺。

谢天谢地，她还待在地球上。毕竟，豪猪人所在的星球不可能拥有地球产的电脑椅和丘伯锁[1]。更何况杰姬说过，促销活动只在本地范围内进行。罗丝暗自希望豪猪人的秘密基地没有设在伦敦以外的其他城市。

透过杂物堆的缝隙，罗丝看到博士正在大声抗议。他被绑得结结实实的，任由豪猪人押进了另一头的房间。在房门砰地关上之前，她听到里面传来一声惊呼。米基还活着！罗丝顿时感到一阵宽慰。

几分钟后，豪猪人走出房间，把钥匙插进锁孔转了转。罗丝庆幸地松了口气，但没有发出任何声音。她原本以为豪猪人会用什么可怕的外星锁把博士和米基关起来。要是房间大门和摊位入口的安保措施一样严格，那他们可就永远别想出来了。

不过，她要怎么救他们出来呢？大厅里有四个豪猪人，就算她趴在地上爬到门口，也不可能不被发现。她希望这群外星人能

---

[1] 英国人耶利米亚·丘伯1818年生产的探测器锁。

够离开大厅，可他们只是直愣愣地盯着显示屏。屏幕上显示着复杂的三维图像。罗丝虽然看不明白，但猜测那也许代表博士和米基的游戏进度。

罗丝耐心地等待着，小心翼翼地抻了抻双腿，免得待会儿跑起来没有力气。要是救援成功，她可以带他们从豪猪人刚才进来的那扇门逃出去。毕竟，那扇门没有上锁。

罗丝心想，要是她能分散豪猪人的注意力该多好！可她想不出任何法子，因为自己根本不了解对方的情况。时间缓缓流逝，豪猪人仍然盯着屏幕，甚至没有相互交谈。突然，四个豪猪人身体前倾，对着屏幕指指点点。一定是出什么事了，而且跟游戏有关。他们看上去足够分心，可即便如此，她还是跑不到上锁的大门前。但是……她可以尝试打开另一扇门。

事不宜迟，罗丝迅速转动把手，从门缝里溜了出去。她关上身后的大门，径直往前冲，担心豪猪人会追上自己，害怕听见随时可能响起的呼喊声和枪声。可是，什么也没发生。她成功了！

虽然没能救出博士和米基，但她逃出生天了……不对，这个想法真愚蠢，跑出来只是她救援计划的一部分。至少，她已经找好了逃生路线。既然在大厅里没有想出办法，她可以在这里找到分散豪猪人注意力的东西。

罗丝环顾四周，发现自己身处一条灯光昏暗的走廊上。走廊尽头有一扇门，天花板上还有一块活动板，可以借助梯子直通户外。她摇摇晃晃地爬上梯子，却发现活动板被外星锁给关上了。她爬下梯子，一边默默祈求好运，一边跑到走廊尽头的大门前，上面插着一把普通的钥匙。她轻轻转动钥匙，打开门锁，然后溜了进去。

她把门留了一条小缝，让走廊上的光线透进房间。这里面摆放着一捆捆发霉的旧报纸和旧杂志，刺鼻的味道差点让罗丝打了个喷嚏。她辨认出1970年代的《妇女家政》周刊杂志，题目写着：为最爱的外孙做一只宝贝熊鲁柏[1]。一捆《每日电讯报》堆在一旁，上面写有《尼克松引咎辞职》的标题。她的每一个脚印都在布满灰尘的地板上清晰可见，就像尼尔·阿姆斯特朗登上月球时一样。也许有一天，博士会带她去月球上亲眼见证人类迈出第一步。只要他们这次能够成功逃出去……

房间另一头的水泥台阶通向另一扇门，门底下透出了一丝亮光。难道是太阳光？罗丝拾级而上，试着转动把手，却发现门上锁了。她从钥匙孔里向外窥视，但什么也没看清。一定是另一侧的钥匙堵住了锁眼。

于是，罗丝想出了一个计划。她在讲述侦探和珠宝窃贼的儿童读物中看到过这个办法，虽然在现实生活中不一定派上用场，但她必须一试。

---

1. 宝贝熊鲁柏是英国最知名的童书角色之一。

罗丝先是翻出一本泛黄发脆的《妇女家政》周刊杂志，又搜罗到附赠棒棒糖的旧儿童绘本，但试着不去思考甜食会对孩子的五脏六腑造成怎样的损害。接着，她走上台阶，把杂志塞到门底下，将棒棒糖棍插进锁眼。她深吸一口气，一边祝自己好运，一边用力一捅。另一侧传来了一声闷响。

罗丝尽可能不抱期望地拉回杂志，结果看见钥匙就躺在封面上。她颤抖地拿起钥匙，距离锁眼越来越近，时刻担心豪猪人会听到开门的响动。门发出嘎吱嘎吱的响声，似乎另一侧正候着一个恐怖的吸血鬼。

但令罗丝感到惊讶的是，她回到了自己熟悉的地方——报刊店。博士之前在这儿买了十七份报纸，而她买的一品脱牛奶正放在米基的冰箱里。她下意识地怀疑报摊老板和外星人沆瀣一气，但又转念一想，觉得老板不算坏人，最多有点儿暴脾气。况且，这扇门显然很久没被打开过了。

幸运的是，商店里似乎没人注意到她。老板正站在门口招待顾客，根本没听到夹杂在电台吵闹噪音中的开门声。她从前门溜出去，走到大街上，正对着领奖摊位。看来，豪猪人改造了商店的旧地下室，把它变成了不会引人怀疑的秘密基地。

那她现在又能做些什么呢？

罗丝开始在街上寻找灵感，眼光扫过沃尔沃斯超市、药店和售卖薯片的店铺——她一点儿也不喜欢吃薯片，因为里面浸满了盐和醋……

突然,她灵光一闪,想起自己曾在《野生世界》纪录片里学到的知识:为了吃到盐,豪猪无所不为,就像瘾君子一样。没错,就是这样。罗丝希望那群豪猪人也对盐有着同样的渴望,毕竟,他们看起来跟地球上的豪猪没什么区别。

这是罗丝能想到的最好的计划了。她赶忙走进店铺,喷香的薯片味儿扑鼻而来。不过,罗丝连一份薯片都买不起,因为她身上只有一枚硬币,还是从米基家的沙发背后捡到的。另外,店铺里也没旁人分散店员的注意力。

"请给我一份薯片,"罗丝说,"打包带走。"

柜台后面的漂亮华裔女孩铲起黄澄澄的薯片,倒进包装纸袋,问:"要加盐和醋吗?"

"我自己来。"罗丝说着,拿起一只盐罐,"可以再给我拿一罐可乐吗?"她指了指柜台后面的冰箱。

就在女孩转身的瞬间,罗丝拿起盐罐夺门而出。她等着店员叫住自己,但一直没听到声音。或许,女孩已经习惯客人不付钱就逃走了;又或许,女孩没注意到盐罐不见了。这是罗丝今天第二次变成"小小少年犯",尽管她并没有顺走薯片。她之所以这么做,完全是为了拯救世界。

现在,计划进行到了下一阶段,而这一步全凭运气。如果不成功,她说不定真要变成犯罪分子了。她从牛仔裤兜里掏出硬币,走进了报刊店。

"请给我一百便士的糖果。"

罗丝已经刮够了,指甲都要磨秃了。每一次刮开银色覆膜,卡片上都是令人沮丧的温馨提示:谢谢惠顾,再接再厉!

就在刮到第五十八张卡片的时候,她终于中奖了!奖品是一台游戏机。

罗丝赶到领奖摊位,却发现这里没人排队。过了一会儿,门开了。她走进去,看见柜台后面站着一个豪猪人。他的嘴角扭曲,似乎想报以友善的微笑。"恭喜!"他说,"我去给你拿奖品。"说完,豪猪人走进了身后的小房间。罗丝越过柜台往里看,发现小房间的地上有一块活动板。这一定是通往地下室走廊的那个入口!

计划终于来到最后一步,成败在此一举。

她尽可能往后退,拿出盐罐在地上撒了一点儿盐。办法瞬间奏效,甚至远超预期。豪猪人鼻孔朝天,开始嗅来嗅去。随后,他转身向前一扑,笨手笨脚地翻过柜台,口水都滴到了地上。他伸出黑色的舌头,飞快地舔起地上的盐。

罗丝趁机翻入柜台,推了一下活动板,但发现这一侧也上了锁。没时间了,她把盐撒进活动板四周的细缝,从后门跑了出去。谢天谢地,她不用从疯狂拱地的豪猪人身边经过。罗丝关上门，顾不得旁人的眼神，匆匆赶回了报刊店。

"喂，听着，我这儿的刮刮卡数量有限。"报刊店老板说，"如果你还想买东西，请移步别家吧。"

罗丝向他报以最迷人的微笑，"我就随便逛逛。"等老板被另一个顾客吸引注意后，她飞快地从之前上锁的那扇门溜进了地下室，心里默默祈祷这里千万别装监控。她走下水泥台阶，悄悄打开通向走廊的门，从门缝里向外张望。计划成功了！

四个豪猪人聚在活动板的下方，在地上舔来舔去，像一群饥肠辘辘的小狗。其中一个站起身，笨拙地爬上梯子，其他几个则跟在后面。罗丝虽然没注意到他们是如何打开活动板的，但看到四个豪猪人全都钻了出去。活动板再次关上，外面传来哼哧哼哧的喘气声。看来，剩下的盐也被发现了。

罗丝迅速行动起来，想把梯子搬走，却发现梯子钉在地上，纹丝不动。她把双手插进口袋，努力思考拖住豪猪人的办法。

不能再浪费时间了，罗丝现在只有一件事可做。她跑进大厅，锁上身后的门——希望这扇门能够阻挡执着的豪猪人一段时间——然后飞奔到了另一头的房间门口。罗丝转动钥匙，打开门锁，看见博士和米基被绑在塑料椅上正玩着游戏。

"想不到吧？！"她大喊道。

两个人同时转过头，脸上立刻浮现出灿烂的笑容。

"你怎么才来？"博士问道。

7

罗丝佯装后退,好像要把博士和米基重新关在豪猪人的地下室里似的。"请你稍微表达一下感激,否则救援到此为止。"她咧开嘴笑着说。

"我要收回刚才有关人类无用的一切言论。"博士说。

"你什么时候说的?"罗丝有些愤愤不平。

米基叹了口气,"哦,在过去的一小时里,他每隔一分钟就说一次。"

罗丝瞥了一眼手表,发现自己的确耽误了点儿时间,但迟到总比没到好。她走到他们身边,先给米基松了绑。本来,她下意识地想解开博士的绳子——没有别的意思,总得有个先后顺序吧——可又担心米基会介意这一点。于是,她改变了主意,不想让米基难堪。

豪猪人把博士的手臂紧紧地捆在椅子扶手上,但让他的双手能够自由地操纵游戏手柄。"真希望我有台摄像机。"罗丝说,"如果现在这一幕被拍下来,说不定能放到外星人绳缚爱好者网站上大捞一笔。"

"你妈妈知道你有这样的爱好吗？"博士问道。

"你知道老妈为啥总是怀疑你吗？"罗丝说，"因为我告诉她你才是幕后主使。"

"真的有这个网站吗？"米基问道。

罗丝和博士忽地大笑起来。"有的，等我回去就把网址发给你。"博士说。

"别傻了，我才不信呢……"米基赶紧说道。看见博士还在大笑，他又补充了一句："不过仔细想想，外星人被堵着嘴这一幕还挺有意思的。"

罗丝解开米基的绳子后，又专注地给博士松绑。不一会儿，绳子掉落在地。罗丝一直在等博士站起来，这样他们就可以逃出生天了。但博士依旧坐在椅子上，手里还操纵着手柄。

"我们是不是应该快点逃走？"她着急地催促道。

"等一下。"博士说，"我还想再试一试。坐吧，米基。"

米基原本起身要走，听见博士的话，又乖乖地坐了回去，自己似乎都觉得不可思议。"那些豪猪人随时可能回来。"他说。

博士摇了摇头，一副事不关己的样子。他指着屏幕上的图像问："你有没有觉得这里很眼熟？"

米基看向屏幕，"没有。"

"这不怪你，毕竟不是所有人都可以一心二用。"博士身子前倾,看了一眼米基面前的屏幕,"我对你的游戏画面也没有一点儿印象。不过……你往上看。"

米基听话地按下按钮,屏幕上出现了一处通道入口。

"那个入口是我们的起点。"博士说,"如果可以返回那里的话……"

"你竟然能记住一小时前经过的每个路口?"罗丝说,"天哪!我连汉普顿迷宫[1]都能迷路。"

"我觉得那儿的迷宫还挺简单的。"博士不屑地说,"灌木丛还没人的肩膀高呢。"他想了一会儿,"不过,自从我上次去过之后,灌木丛可能长高了一些。"

"我参加学校旅行时去过。"罗丝说,"每个拐角处都有一对小情侣趁老师不注意时卿卿我我。你该不会是在十七世纪去的吧?"

博士咧嘴笑道:"如果你不想知道,我也可以不说。不过,在我到访的那个时期,幽会的情侣还得小心假发套被树枝勾住。男士最不希望发生的一幕是,正当他倾身向女士索吻时,对方看到了自己假发套底下的真实发型,顿时兴致全无。"

"别告诉我这是你的亲身经历。"罗丝说着,一边瞟了眼博士的寸头和皮衣,一边想象他穿着王政复辟时期的天鹅绒上衣,

---

1. 英国现存最大最古老的树篱迷宫,由乔治·伦敦于1689年至1695年间建造。

头戴假发套。"哎哟,我一点儿也不想知道!"

博士笑了笑,眼睛仍然盯着屏幕,"当然不是,我可不感兴趣。"

时间缓缓流逝,罗丝愈发感到紧张。"我真的认为这不是个好主意。"她说,"豪猪人很快就会回来,而我们又没什么武器。"

"再等一等。"博士的眼睛死死盯着屏幕。

罗丝不安地说:"你就不能回米基家干这件事儿吗?"

博士摇摇头,"没时间了……"

罗丝突然想起什么,"大厅里有示意图,或许可以帮你快速通关。"

博士飞快地站起身,冲出房间,然后大喊了一声:"好极了!"他从门框背后探出头,朝她竖起了大拇指。"这就成了!"他说,"拿起我的手柄,罗丝。你和米基完完全全照我说的做。"

"但我不会玩游戏啊!"罗丝抗议道。

"你现在会了。"博士说。

罗丝只好坐下来,尽最大努力跟上博士的节奏。一道道指令快速变化,十分复杂。

"博士为什么要这么做?"她问米基。

"不知道。"米基耸了耸肩,"不过,这事儿一直困扰着他。那些带刺的家伙坚持让我们沿着规定路线行动，所以博士一直没机会随心所欲地操作游戏。"

博士的声音再次传来，听上去很是兴奋，"就这么做！随时随地留神屏幕！"

罗丝集中注意力继续前进，突然感觉手柄震动起来。她试着按下按钮，但根本按不动。米基似乎也遇到了同样的问题。

"博士！"罗丝喊了一声，"一切都不对劲了！"

博士急忙赶了回来。"啊哈！"他说，"我想，这意味着我们接近真相了。为了维持游戏的假象，豪猪人采取了防护措施。"他撬开游戏手柄的背板，用音速起子在里面乱戳一通，又盖上背板递给罗丝。"好了，"他说，"我对手柄做了一些调整，应该能绕过限制了。"

在博士的指导下，罗丝又试了一次，虽然还是能感受到阻力，但终于成功地按下了按钮。与此同时，屏幕上的画面缓缓移动，忽上忽下，像是有人举着摄像机跑步一样。

"来了！"博士喊道。

罗丝看到，屏幕上出现了前所未见的东西。她瞅了一眼米基的屏幕，相同的东西也出现了，而且越来越近。两个画面同时聚焦，眼熟的人形轮廓渐渐显现出来。

在米基的屏幕上，出现了一个二十来岁的小伙子。他留着齐肩的头发，戴着眼镜，身上穿着印有骷髅的黑色T恤衫。

罗丝的屏幕上则是一位六十多岁的妇女。她头戴毛线帽子，穿着紧绷绷的大衣。两个人的额前都贴着闪光的圆盘，脖子上则绑着金属块——也就是所谓的"干扰装置"。

"我在酒吧见过那个小伙子。"米基说，似乎被眼前的景象弄糊涂了。

"那位是霍尔太太。"罗丝似乎受到了惊吓，"可妈妈说她去度假了啊！"

博士走回房间，在罗丝身边蹲了下来，说："我记得你妈妈说她中了刮刮卡的大奖。"他等着罗丝领会自己的意思。

罗丝转身注视着博士，"游戏角色是由真人扮演的？"她希望博士能回答自己，但转念一想，别傻了，这个问题太荒谬了……

"是的。"博士表情坚毅，愤怒地说，"这就是豪猪人的阴谋：来吧，人类，享受不劳而获的奖赏吧！哦，等一下，我们还是需要你付出一些代价。你以为自己是来海边度假的，但其实你是来到外星球为我们战斗，直至死亡！"

罗丝感到一阵恶心，"所有人……所有中了大奖的人……"她又看向屏幕，注意到霍尔太太瞪大眼睛，想给对面的小伙子使眼色，后者也是如此。两个人看上去既绝望又恐惧。

米基放下手柄，惊恐地瞪大了眼睛。"万一游戏输了会怎么样？"他问道，"当螳螂怪张开嘴走过来，屏幕上出现'游戏结束'的时候,又会发生什么事?"

"你知道吗?"罗丝转身看向博士,希望自己没有流露出责备的语气,"你知道会发生什么吗?"她并不知道自己抱有怎样的期待,但希望博士能让一切重回正轨。也许,他挥挥魔杖就能让万事归位,完好如初。

博士摇摇头,"我不知道。一开始玩游戏的时候,我只是觉得事有蹊跷。"

这时,米基伸出颤抖的手指,喃喃道:"哦!不!不要!"罗丝立刻看向屏幕,螳螂怪的前足在画面一侧挥舞起来。

"别傻愣着了!"博士喊道,"操纵手柄带他们离开!"

罗丝按下按钮,看到穿黑色T恤衫的小伙子转向右边,她的手顿时颤抖起来。"我做不到!"她说,"我不想把一个真人当成玩偶来操控!"

博士从她手中抢过手柄,几秒钟之后,小伙子从米基的屏幕上消失了。米基飞快地捡起地上的手柄,疯狂地按着按钮,想让霍尔太太行动起来,或者举起武器。

紧接着,螳螂怪的上颚充斥了整个画面。屏幕上显示出一行字:游戏结束。

"谢谢惠顾,"罗丝麻木地低语道,"再接再厉。"

米基倚着椅子开始呕吐,罗丝伸手轻抚他的胳膊,却被他甩开了。"我杀了霍尔太太。"他说,"我刚才杀人了。"

博士仍然专注地盯着屏幕，一脸紧张。"加油！"他咕哝道，"不远了，我们快到了……"

罗丝感觉胃里翻江倒海，然后隐约听到了活动板打开的声音。"快点！"她惊慌失措地大喊道。

"马上就到出口了！"博士说，"就是那儿……"三个人的肾上腺素同时飙升，眼睛全都盯着屏幕。

"你能行的！"米基说，"加油！"

看到屏幕上的出口越来越近，罗丝不禁想象那个小伙子当下的样子：在奔向自由的路上，他的腿不停地颤抖，汗水从额前淌下。还有五步……四步……三步……两步……

"马上就到了！"米基鼓励道，"快啊！"

户外的沙砾出现在屏幕上。随着按钮最后一次按下，那个穿黑色T恤衫的小伙子迈出了通往自由的最后一步。

就在这时，屏幕突然发出刺眼的白光。

随着光线渐渐褪去，他们难以置信地看着屏幕上的一行字：游戏结束。

博士猛地把手柄扔到地上。"不！"他大喊道，"不！不！不！"

"怎么回事？！"米基盯着屏幕问道。

"豪猪人一定是给他装了什么防逃跑装置，一旦逃出去就格杀勿论。"

罗丝一时还没回过神,接着又听见了外面的响声。"我们快离开这儿!豪猪人来了!"

他们冲进大厅,来到通往走廊的门边。罗丝把耳朵贴在门上听了一会儿,"我觉得豪猪人还没爬下梯子。我们要打开门逃跑吗?"

这时,博士发现了嵌入墙体的控制端,"我想,我可以逆转远程传送,把你们送回米基家。"他说着,冲罗丝挥了挥音速起子。

"你的意思是,你可以试一试还是你会成功?"罗丝说,"我宁愿与一群盛怒的豪猪人打交道,也不愿让身体各部位散落四方。"接着,她反应过来,"那你怎么办?"

博士皱了皱眉,"我得留在这儿操作控制端。另外,我需要找他们了解一些信息,比如那颗星球在哪儿。"

"然后我们就可以去那儿拯救所有人?"罗丝问道。

"差不多吧。"博士说。音速起子的一端发出了尖锐的嗡嗡声。"还需要几分钟……你觉得那些豪猪人爬下来了吗?"

就在这时,门外传来一声巨响。"听上去像是有人刚从梯子上摔下来了。"米基说。

直到此刻,罗丝终于露出了笑容。"我在梯子上抹了点润唇膏。"她从口袋里掏出一只小罐,樱桃香味的膏体只剩下一丁点儿了,"我猜这会减缓他们的行动速度。"

博士开始敲击键盘,"做好准备,你们站到这儿来。"

罗丝和米基走到指定位置,站在大厅中央。博士将手搭在罗丝肩膀上,深情地凝视着她的双眼。罗丝明白,无论博士需要自己做什么,她都会赴汤蹈火,在所不辞。

"我需要你尽可能收走所有游戏机。"博士说,"我们必须阻止人们玩这款游戏,以免死亡人数继续攀升。这可能是唯一的解决方法了。"

"好的。"她说,"但他们可能不愿意交出游戏机,说不定还会以为我是另有所图。"

突然,门外传来一声闷响。

"你会想到办法的。"博士匆忙说道,"去吧,等会儿在你妈妈家碰头。"

罗丝微笑着点点头,看见博士抬起手继续敲击键盘。这时,门被撞开,豪猪人冲进来,举起了枪。博士见状,放下了手。

罗丝眼前的一切景象变得模糊起来。

罗丝难受不已,甚至还有点想吐,但她的视线已经不再模糊。眼前的地毯无比熟悉,看来博士成功地送他们回到了米基家的客厅。"我们做到了!"她趴在之前消失的位置上,呻吟着伸展四肢。

但米基没有任何回应。

"米基？"罗丝虚弱地走到椅子前，看见米基面朝下趴在地毯上，一动不动。"快起来，你这个懒鬼！"罗丝试着鼓励他，"既然我能站起来，那你也可以的。"可是，米基仍然纹丝不动。

"米基？"罗丝害怕起来，伸出双手努力将他的身体翻了过来。

接着她意识到，就在远程传送的瞬间，豪猪人开枪击中了米基。

8

战争来临了，罗伯特。你是我们唯一的希望，是对抗黑暗力量的天选之子。

顺便一提，那个女人并非你的生母。一位天选之子怎会有她那样的母亲？你必须前往平平无奇的长途车站——只是它看上去更像一座堡垒——然后被送往宿命终点。

罗伯特来到集合点。真奇怪，那些蠢毙了的促销人员还穿着豪猪人偶服。

紧接着，他被带到一个奇怪的房间。

然后，他被传送到了一颗外星球上。

千真万确。

那些外星人长得有点像豪猪，因此被称为豪猪人。他们正在与一群叫作螳螂怪的大虫子作战。这场战争持续了很久，双方不断发展出各种新技术。螳螂怪在曼托迪恩的据点附近围了一圈力场，既可以杀死豪猪人，也可以阻止他们远程传送。因此，豪猪人需要人类来穿过力场。

　　罗伯特，你是这世间唯一能拯救豪猪人于水火的男孩……我们之所以安排你的母亲（当然，她并非你的生母）赢得度假大奖，就是为了让你来到此地，拯救我们……如此一来，你便能拥抱自己的宿命……

　　豪猪人没有撒谎。正如他们所说，这里有阳光和沙子。不过并非度假海滩，而是一颗沙漠星球。
　　他们一个接一个地抓人，把闪光的圆盘扎进人类的脑门儿。
　　"载体均已就位，弗里内尔。"
　　"先把他们关起来，时刻准备着。地球玩家已被锁定，他将带领我们赢得胜利。"

　　但罗伯特除外。作为天选之子，他将带领众人走向胜利……

　　"萝卜头，亲爱的萝卜头，没事啊，别害怕……"妈妈安慰道。
　　眼前发生的一切令人恐惧，罗伯特真的很害怕，因为他知道自己不是英雄。无论他多么渴望发生一些不同寻常的事情，都不应该像现在这般无趣和可怕。罗伯特只是个无名小卒，既不特别,也并非不可或缺。也许,根本没有英雄能及时出现,拯救他和妈妈。

这也太不公平了。毕竟,在全世界的幻想桥段里,主角的妈妈都不会跟着一块儿冒险。

罗丝低头看着地上的米基,呼吸暂停了一瞬。随后,她意识到米基还活着,赶紧吸了一大口气。尽管人类的枪也很可怕,但你知道子弹击中后会从一处射入,再从另一处穿出。可是,豪猪人的能量枪究竟会对人造成怎样的伤害?罗丝心想,米基的五脏六腑可能已经被搅得乱七八糟了。正当她担心翻动身体对他造成了伤害时,米基呻吟一声,双手在两侧颤抖起来。过了一会儿,他睁开眼睛,呆呆地盯着天花板。

"米基?"罗丝急切地问道,"你没事吧?"

米基又呻吟了一声,似乎意识到自己身在何处。"哎哟!"他重重地呼出一口气,然后又痛得嗷嗷叫。

"你受伤了。"罗丝问道,"你知道伤哪儿了吗?"

米基依旧呻吟着,用胳膊肘撑起上半身。"该死的豪猪人射中了我的腿!"他愤愤不平地说。

罗丝长吁一口气,"谢天谢地。"

米基盯着她,"是啊,挺好的,豪猪人射中我的腿啦!"他倾身向前,将牛仔裤腿卷了起来。裤子擦到皮肤时,他疼得抽了一下。他的右膝盖上已经起了水泡。

"你知道我的意思。谢天谢地,你没有受到致命伤。"

米基似乎有点欣慰,"我觉得豪猪人原本想给我致命一击,但因为别的事分心了。"

"他们可能摄入过多的盐分,所以头晕了。"罗丝说。

"不过博士去哪儿了?被他们干掉了?"

罗丝强迫自己不去想那种可能性。"不,他趁乱跑走了,因为豪猪人刚才一直盯着我们俩。再说了,他们需要博士玩那个游戏,即便抓住他也不会伤害他的。"但她的语气不是很肯定。

她把米基扶到椅子上坐好,"你还好吧?"

"宝贝儿,我好得很,甚至可以玩游戏打发时间。"看见罗丝震惊的表情,米基赶紧补充道,"我开玩笑呢!首先,这显然是句玩笑话;其次,有人偷走了电视机。"

"什么?!"罗丝看了一眼客厅,"好极了。要是他知道了,现在一定会说一句'我早就告诉过你了'。"

"别告诉我你说的是博士。"米基说,"我敢打赌,电视机一定是被该死的达伦·皮偷走的。但不管怎样,这不是当务之急。"

罗丝笑道:"你是说电视机不重要吗?"

米基一下子严肃起来,正经地说:"当务之急是,你得收走所有的游戏机,阻止他们滥杀无辜,罗丝。"他试着从椅子上站起来,"我得陪你一起去,不能坐视不管。"虽然博士说过霍尔太太的死不是米基的错,但罗丝看得出来他依然十分内疚。他仓皇失措,喋喋不休,似乎在说那些中了大奖的人都成了玩家控制的载体……

她试着让米基冷静下来,劝说道:"你几乎没法儿站起来,更别说在大楼里爬上爬下了!"看着米基一脸痛苦的表情,她有了个新点子,"要不这样吧,我把你的电脑拿过来。你可以上网警告其他人别玩这款游戏,就说游戏机有故障,玩久了会发生爆炸。"

"好吧。"米基说,"如果我的电脑还在的话。"

罗丝看了一下,电脑没被人偷走。于是,她扶起米基,让他靠在自己身上,步履蹒跚地走进了卧室。

突然,一阵响声从客厅传来。"可能是风把门吹开了。"罗丝说,"大门被豪猪人踢开之后就没关紧。"

"也可能是偷电视机的人回来了。"米基说。

"或者他之前一直躲在这里,"罗丝说,"刚刚才离开……"她走出去看了一眼,没发现任何人——即便有人,这点时间也足够对方逃跑了。

罗丝走回屋内,紧紧关上身后的大门,来到米基旁边。她发现米基抖个不停,于是赶紧把床上的被子裹在他身上,又给他泡了杯甜甜的热茶。她想看看橱柜里有没有白兰地,结果只找到了啤酒。等她再次回到卧室时，米基还在发抖，但神色有些尴尬。罗丝知道，他的状态好多了。

两人沉默地坐着，相顾无言。随后，一阵警笛声打破了沉默。罗丝一下子想到了医院，但米基坚持认为自己不需要去看医生。他一直催促罗丝赶紧行动，而罗丝也知道自己得出发了。"有需要就打我手机。"她说完才意识到自己的手机不在身边，于是补充道，"不，我过一会儿就回来了。我会把发生的事情和博士的情况告诉你的。"她尽可能不去担心博士的安危。他一定会没事的。

此刻，博士正躲在大厅角落的一堆办公耗材后面，不知道自己有没有被豪猪人发现。就在他们进入房间的一刹那，他启动传送器，然后躲了起来。豪猪人发射能量武器的时候，他确信罗丝和米基已经消失了。但这种事发生在一瞬间，谁也说不准。博士希望罗丝和米基都没事，也希望他们能按要求收走游戏机。只要减少玩家数量，就能减少死亡人数。但愿如此吧。

博士没什么特别的计划，只想找到那颗沙漠星球的位置，带回所有困在上面的人类。当然，他还得处理一下豪猪人的问题——他们不能再这么干了。博士见过一个玩国际象棋的疯子，但那个人用的是真人而不是棋子，残忍极了。他会指使"马"用长矛杀死"车"，再使唤"象"把"兵"斩首。相比之下，豪猪人的所作所为堪称平淡无奇：只是利用人类的贪欲，骗他们来做脏活儿。要知道，天下没有免费的午餐。

更多的豪猪人进入了大厅，其中一个走起路来一瘸一拐的——多亏了罗丝的润唇膏。他们正在争论应该派谁向弗里内尔报告博士和米基失踪的消息，但显然都害怕极了。

"弗里内尔一定会生气的。"一个豪猪人说，"我们曾向他保证，胜利近在咫尺，螳螂怪即将败北。"

"让螳螂怪去死吧！"另外三个豪猪人挥舞着拳头吼道。他们的手臂又粗又短，即使完全伸展，也没超过鼻尖。

墙上的控制面板发出哔哔声。其中一个豪猪人走了过去，"信息传来了。"博士竖起了耳朵。

一个刺耳的声音从面板上传出："我是弗里内尔。地球分部收到请回复。"

那个豪猪人回应道："地球分部已收到，弗里内尔。我是雷维克。"

弗里内尔气愤地哼了一声，"报告情况，雷维克。你声称已经找到了那两名能够通关的玩家，但为什么其中一个的载体被螳螂怪杀死了，另一个的载体企图逃出曼托迪恩的据点？解释一下吧！"

雷维克犹豫了一会儿，显然不愿意回答这个问题。"由于突发紧急情况，我们被迫离开了分部。等我们赶回来时，两名玩家已经逃走了。"

"马上处理好这件事!"弗里内尔发出尖厉的声音,"否则你就等着被取代吧!"

"好的,立刻执行。"雷维克回答道。

随着一阵嘟嘟声,弗里内尔断开了通信链接。

雷维克回头看着其他豪猪人,"我们必须把玩家抓回来!"

"但我们不知道他们去哪儿了。"其中一个回答道,"除非他们又开始玩游戏。"

"不,我们知道。"雷维克说,"他们显然逆转了远程传送,回到了原来的地方。我们只需要跟过去就行。准备好武器。"

雷维克伸出一只爪子,准备启动传送器。说时迟那时快,博士从杂物堆里抓起一台破显示器,使劲扔了出去。他的准头还不错。显示器砸在控制面板上,迸发出一串火花。这下罗丝和米基彻底安全了。不过,就算豪猪人的眼睛再不好使,也不可能注意不到房间里还有另一个人的存在。

博士挺直身子,双手举过头顶。"你们好。"他说,"不需要追踪其他人了,其中一个玩家就在这里。"

话音刚落,四把能量枪同时瞄准了他。

"你们不会朝我开枪的。"博士接着说,"你们只需要晚一点儿再告诉弗里内尔我被抓回来了。这样省了彼此的麻烦。"

其中一个豪猪人转向雷维克说:"这名玩家的进度最快,极有可能为我们赢得胜利。"

"但他破坏了传送器,我们回不了图普星。他必须受到惩罚!"雷维克的刺针竖了起来。

现在,博士不太确定自己更喜欢哪种死法:是被能量枪轰倒在地,还是被愤怒的雷维克戳成针垫?

"虽然有些麻烦,但控制面板还是能修好的。"一个豪猪人说。

"更何况,在玩家通关之前,我们也不被允许回到图普星。"另一个豪猪人补充道。

最后,所有人达成了一致意见。雷维克放松下来,不再竖起刺针,但没有放下能量枪。"让这名玩家重新进入游戏。"他说,"这一次,他必须通关。你们给我一刻不停地盯着,不准被任何事分心。"

四把枪同时指向装有游戏机的房间,博士按照指示挪了过去。但无论如何,他都不会再玩游戏了。

罗丝决定先回自己的公寓拿上手机。妈妈或许知道还有哪些人中了奖,这会是一个开端。

当她准备上楼时,一辆停在路边的警车引起了她的注意。罗丝盯着警车,发现车子并没有亮灯,不一会儿便开走了。或许,没发生什么要紧的事；又或许，被偷了电视机的不止米基一家。罗丝没看到达伦·皮在附近晃悠，说不定，他就坐在警车里。至少她希望如此。

罗丝一边用钥匙开门，一边说："妈妈！你肯定没法儿相信，这里又有外星人了……妈妈？"

无人应答。

她推开大门，发现电视机已经关了，但看不到杰姬的踪迹。她在客厅里喊道："妈妈，你在家吗？"仍然无人应答。天啊，豪猪人把妈妈抓走了！

不，这个想法太蠢了。大门一直锁着呢，妈妈应该没什么事。

罗丝走进厨房，里面空空如也。妈妈一定是出门了，罗丝心想，她不知道外星人正在到处乱窜。她不会有事的。

然后，罗丝看到了贴在冰箱上的一张字条。压住字条的磁铁是她好几年前送的母亲节礼物，上面写着：全世界最好的妈妈。她叹了口气。

亲爱的罗丝：

我中了度假大奖！好吧，其实不是我中的，而是迪莉斯多了一个名额，想让我陪她一起去。你知道的，她对旅游的态度就是这样。我原本想给你打电话，但发现你把手机落在家里了。我等了你好一会儿，但他们说如果今天不出发，大奖就作废了。况且，迪莉斯真的需要放松一下。假期不会太久的，希望等我回来时你还在家。记得照顾好自己。如果你们想共用卧室，可别让我知道。

爱你的妈妈

又及：我拿走了你的手机，想必你不会介意的。你可以随时打给我。

罗丝简直想大喊大叫。妈妈说走就走，完全不顾自己难得回来一次。她正准备大发雷霆，但一想到妈妈可能会遭遇的事，又恐惧得快要吐出来。"天下没有免费的午餐！"她大喊着把字条揉成一团，扔到了厨房另一头。

罗丝深吸一口气，然后想到自己可以给妈妈打电话，告诉她这一切。豪猪人不会想到这一点，因为他们不知道一部手机竟然可以传送跨越时空的信号。说不定，杰姬会带领其他人类闹个天翻地覆，直到博士赶来拯救大家。一切都会好起来的，他会把所有人带回家。

但在罗丝的内心深处，有个微弱的声音说："告诉妈妈她被外星人绑架了根本于事无补。那些中了大奖的人一旦发现自己并没有飞往伊维萨岛[1]，而是来到外星球上，就知道发生什么事了。

---

1. 西班牙巴利阿里群岛，位于地中海，以度假和酒吧闻名。

他们会被迫战斗到死,直至无人生还。"

不过,她还是准备打个电话。

罗丝花了点时间才记起自己的手机号码——当你在十九世纪转悠一圈,就没有给别人手机号码的习惯了。随后,她拨通了厨房的电话。

铃声响了又响,但迟迟无人接听。罗丝开始有点不安,担心豪猪人会循着声音找到妈妈,把她当成外星人抓起来,因为她掌握了外星科技;又担心他们认为妈妈是个重大威胁,然后杀了她。

或许,妈妈只是害怕得不敢接听。豪猪人仍在追踪声音的来源,但还没有找到她。如果铃声再响一次,他们就会找到妈妈。

又或许,如果铃声再响一次,妈妈就会接电话。

罗丝不愿放弃能够联系上妈妈的唯一机会,始终不肯放下听筒,虽然她知道这么做毫无意义。

最后,听筒里传来一句:"您拨打的用户暂时无人接听,请稍后再拨。"随着咔嗒一声,电话线路中断了,罗丝不情愿地缓缓放下听筒。

9

罗丝所能想到的最好办法是找出妈妈究竟去了哪里。说不定,她也可以中个度假大奖跟过去。毕竟,她手里还有四十二张没用过的刮刮卡,也许其中一张就是"幸运券"。

罗丝在口袋里翻找着,掏出了那一叠卡片。她一边快速地刮掉银色覆膜,一边对豪猪人的所作所为感到绝望。他们既然希望致命游戏拥有源源不断的玩家和载体,为什么不多准备一些中奖的卡片呢?

刮了十六张后,罗丝中了一台游戏机。虽然并非她所愿,但也是一件好事。她又刮了二十一张卡片,再次中了一台游戏机。罗丝试着往好的方面想:至少,有两张中奖的卡片没有落入潜在玩家之手,避免了一些载体的死亡。

卡片全都刮完了,但没有一张中了度假大奖。一时间,罗丝想不出其他计划。

也许,妈妈还没有离开地球。罗丝知道自己可以在哪儿找到她。现在,她必须尽快赶到城里,希望到了那儿之后就知道该做什么了。

她离开家,锁好门,急匆匆地上了路。她招手叫停一辆公交车,一边跳上去,一边挥了挥公交卡,然后向座位挪动。

"喂!"司机喊道,"喂!就你!"

过了一会儿,罗丝才意识到司机在喊自己。她回头期待地看着对方,"怎么了?"

"给我看看你的卡。"

罗丝心里一沉,但还是微笑着举起了公交卡,装作没什么问题似的。

"这卡都过期一年多了!"

她看着司机,满脸惊讶地说:"抱歉,我一定是拿错公交卡了。下次不会了。"

但司机并没有被她的迷人微笑和诚恳道歉所打动,"你得付一块二毛钱。"

"可我没带现金。"罗丝说。她心想,我几个月都不需要花钱,已经没有带现金的习惯了。

"那你就别上车。"司机说。其他乘客抱怨起来,全是什么"别耽误大家时间""现在的年轻人啊""自私鬼"之类的话。

"求求你,我必须去城里一趟。"罗丝说,"这件事真的很重要。"

"关我啥事?"司机反驳道。他似乎乐在其中,这可能是他一天之中的高光时刻。"除非你下去,否则我是不会开车的。"

"这可是生死攸关的大事!"罗丝极力劝说道。

时间一分一秒地流逝,司机的态度依旧强硬,乘客则聒噪不休地议论着。他们才不关心罗丝的妈妈是死是活。即便她说了外星人的事,无论有没有人相信,他们也不会在乎。生死一念,只因区区一块二毛钱。

我讨厌他们,罗丝心想,我憎恶人性。最后,她不得不跳下车,一路小跑着赶去城里。

经历了一番波折和多次威胁,发出了几声喊叫后,博士终于坐在了椅子上。他没什么选择权,只能主动走回游戏室,假装配合豪猪人。这样一来,他们说不定就忘记还应该把他绑起来。截至目前,这招似乎奏效了。

博士握着手柄,但没有玩游戏。他一直在努力拖延时间,想方设法跟豪猪人闲聊,但没有发现任何有用的信息。

"这么做有点可惜啊。"他对守在一旁的豪猪人说,"载体一旦离开游戏就会被炸死。那就是说你们得提供更多的人。"

"我们不能冒这个险。"豪猪人说,"如果载体返回基地,激活了干扰装置……我是说,这款游戏不能——"

博士扬起眉毛,"你还可以再愣一点吗?这根本不是游戏,我早就知道了。"

豪猪人一下子紧张起来，"人类没有这样的智慧……"

博士对此避而不谈，"对，人类确实不知道这一点。他们只会被你们传送到秘密地下基地，在能量枪的威胁下被迫参与游戏。"

豪猪人咆哮道："人类的头脑不可能洞悉真相！"他举起了枪，"赶快玩游戏！"

"我想，我应该不会玩儿了，谢谢。"博士说，"我有点反感杀死螳螂怪，毕竟它们又没对我做什么。而且，我也不太喜欢拿那些可怜人的性命去冒险。"

豪猪人挥了挥手里的枪，然后又把它放下来。他的眼神中闪过一丝狡黠，令博士很不舒服。"迄今为止，你是潜入曼托迪恩据点最远的玩家，其他玩家深入其中也只是时间问题。为了这一天，我们已经苦等多年，不吝多等一时。抵达图普星后，我们先从小范围入手，想看看这个办法是否可行，人类够不够聪明，我们的科技在图普星上适不适用，少量玩家和载体能不能成功……"

博士沮丧地皱了皱眉。豪猪人一直在自顾自地说着话，但这些信息对他来说毫无意义，因为他从未听过这颗星球。豪猪人为什么不能多提一句它的星系坐标呢？

"我们并不指望能找到速战速决的玩家。毕竟，在好几百名玩家中，只有少数人通过了新手训练关，而其中的极个别人才值得我们倾尽全力。因此，我们决定扩张计划，把抽奖活动推广到更多的城市，覆盖全国甚至其他国家。同时，我们还将提高中奖率。人类是贪婪的。如果我们强行发号施令，他们只会奋起反抗；但如果我们举办名额有限的抽奖活动……啊哈，他们便会争抢不劳而获的机会！参与人数越多，我们就越容易找到出色的玩家，也可以获得更多的载体……如果你照章办事，将游戏打通关，就不会再有人死亡了。但在事成之前，游戏必须继续推进。"

"别再叫它'游戏'了！"博士怒吼道，"人们正在死去！"

"我们的研究表明，杀戮是地球上一种常见的消遣方式。"豪猪人说，"地球万物几乎都被人类所戕，甚至包括他们的同类。另外，人类贪婪狡诈，是完成任务的理想对象。"

"人类是有点差劲，很多人确实不怎么样。"博士说，"我没办法为那些杀戮和贪婪的行为辩护，但我也不能为了救一部分人而犯下种族灭绝的罪行。那些螳螂怪又做错了什么呢？"他扔下手柄，拍了拍前额，"哦对了，忘了告诉你，我不是人类，所以我不会帮你完成任务。另外，人类也有坚忍不拔的一面，他们之中还有像我这样的天才——虽然并不多见。你应该开除做研究的豪猪人，因为人类玩家不会再杀人了！"

豪猪人无言以对，再次举起枪瞄准了博士。

罗丝终于到了城里,但仍然毫无头绪。也许,她可以潜入豪猪人的地下基地,找到博士,然后问他该怎么救出妈妈。

她匆匆赶到报刊店,发现大门已经锁上了。手表显示现在是下午五点四十,一天就这么不知不觉地晃过去了。她试着打开门锁,但并没有什么用,因为她根本不知道怎么开锁。店里还有一个显眼的报警装置,她可能还没走进地下室就会被逮住。几个制服笔挺的警察从罗丝身后走过,她赶紧装作在系鞋带,希望他们没有注意到自己的鞋子并没有鞋带。

她又把目光转向几米开外的豪猪人摊位,仍然想不出合适的计划,但觉得自己不能什么都不做。罗丝试着说服自己:说不定,豪猪人觉得所有人类看起来都差不多,不记得我的样子了呢?我把盐撒了一地的时候,只有一个豪猪人见过我;我被远程传送的那一瞬间,那些豪猪人也只是看了一眼……虽然希望渺茫,但罗丝不得不冒这个险,因为这是她能想到的唯一办法。

罗丝装作一副漫不经心的样子走到摊位前,从口袋里摸出一张中奖卡片,把它举到亮着红灯的控制面板前。她走进大门,看见柜台后面站着一个豪猪人——希望他不是之前碰见的那个,不过,罗丝自己也分辨不出来。

豪猪人拿出一盒游戏机,准备递给罗丝。"我已经有游戏机了。"她说,"我就想问问,我妈妈中了度假大奖,她是不是已经出发了?"

"抱歉,我不知道。"豪猪人说。

"那你知道车站在哪儿吗?"罗丝的眼珠滴溜溜地乱转,打量着四周,希望发现一些线索。

"恕我无可奉告。"豪猪人说着,坚持要把游戏机递给罗丝。

罗丝一下子失去了理智,"你对我妈妈干了什么?快告诉我!"她尖叫着抓起游戏机,把它抛过柜台。随着砰的一声,盒子撞倒了一大摞游戏机。豪猪人竖起了背上的刺针。罗丝立刻反应过来,这是一个毫不在意人类死活的外星人,他不会提供关于杰姬的任何信息。她的计划出错了。

大门在她身后关上了。

豪猪人拿枪指着博士,忽听得天花板一声巨响,楼上好像有什么重物掉下来了。他向上看了一眼,博士趁机朝刺球儿扑了过去——尽管这种做法很不明智。不过,当他扳开枪管的时候,豪猪人的注意力被分散了。博士立刻逃出房间,沿着走廊一路冲刺。一根根刺针在空中唰唰地飞过,他一边躲避,一边掠过梯子上的三个豪猪人。他们正站在活动板下方,估计准备调查刚才的声响。

博士跑到走廊尽头,飞快地关上通向报刊店的门。刺针扎在木头门上,发出击鼓似的咚咚声。他转动钥匙锁上门,打算让豪猪人在外面多待一会儿，然后长吁了一口气。

罗丝差点忘记大门是从里边打开的了。她按下按钮，跑了出去，暗自祈祷豪猪人没有跟着自己。他应该不会跟出来吧？豪猪人一定不想把事情闹大，让旁人觉得这里发生了怪事。一时间，罗丝不知道该做些什么。她想往摊位上扔更多的东西，但被恐惧攫住了。

就在这时，一个声音传来："罗丝？亲爱的，一切都还好吗？"

当然不好。罗丝尽可能让自己平静下来，然后转身面对那个苍老的声音。一位老太太站在她面前，穿着一件粉色的塑料雨衣，卷曲的白发上系着花头巾。刚开始，罗丝并没有反应过来，等认出对方是谁后，她也不敢抱什么希望。"迪莉斯太太？"她说，"我还以为……你和我妈妈一起去度假了……"

迪莉斯看起来忧心忡忡，"我不想一个人去，亲爱的。自从哈罗德去世后，我就不喜欢出门，就算中了大奖也一样。"她伸出手，掌心里是一张眼熟的刮刮卡，"我打算来这儿问问，像你妈妈这种情况有没有解决的办法。真可惜，她不得不放弃这次度假了。"她把卡片递给罗丝，"听着，亲爱的，你能收下它吗？我对你妈妈的遭遇感到很难过。不过，如果她以后还想去度假，应该能用我这张中奖卡片。虽然他们要求我们必须今天出发，但谁又说得准呢？"

罗丝虽然并没怎么听懂迪莉斯说的话，但顿时心花怒放，燃起了希望，"你是说，我妈妈还没去度假？"

迪莉斯仍然一脸担忧，"你不知道吗？他们说了要打电话让你知情的。"

痛苦逐渐取代希望，罗丝的胃又开始难受起来。她大声地问道："迪莉斯太太，他们是谁？要告诉我什么事？跟我讲讲，求你了！"

可怜的迪莉斯结结巴巴地回答道："我很抱歉，亲爱的。但我有个坏消息要告诉你……"

博士穿过旧地下室，走进了报刊店。除了几声喊叫和咚咚声外，他没再听到豪猪人的声音。博士把挂在墙上的一张帕西豪猪巨幅海报几下撕得粉碎，以发泄心中的愤怒，丝毫不关心报刊店老板明早看到后会有什么反应。大门上了锁，但对博士这种撬锁老手来说根本不成问题。同样，他又用音速起子解决了报警装置。

博士走出报刊店，发现街上安安静静的。几个年轻人一边喝着便宜的啤酒，一边在附近游荡；偶尔有店员关上铺子，匆匆往家走去。豪猪人发放致命奖品的摊位已经无人问津，之前弄出响动的人早就跑了。博士决定在豪猪人追上自己之前先走一步，于是沿着大路向罗丝的公寓奔去。

10

罗丝看到身上插着管子的妈妈,感到难受极了。从小到大,一直都是妈妈在保护她:如果罗丝不小心摔倒了,妈妈会把她扶起来;如果有人找罗丝的茬儿,妈妈会直奔学校与对方争辩,不让她心烦意乱或者受到孤立。尽管有时候罗丝觉得有些尴尬,但妈妈始终保护着她。

可现在,妈妈躺在医院的担架上,眼圈乌黑,脸颊青紫,鼻子下还凝着一团血痂。世界上简直没有比这更糟糕的感觉了。罗丝这才意识到,妈妈只是个弱小的人类,并不是什么超级英雄。更何况,拯救世界的那个人其实是她,而妈妈本应该受她保护。

杰姬动了动眼皮,然后缓缓睁开眼。她看见罗丝来了,笑道:"太好了,你没事。亲爱的,你没事就好。"

罗丝盯着妈妈看了半天,"我好得很,别担心。"受伤的明明是妈妈,为什么还要担心她?

杰姬从她的脸上看出了疑惑,"他说他要去找你。"

罗丝俯下身子,凑近了些,"你到底怎么了?他是谁?外星人吗?我的手机是不是被收走了?他是不是以为你和博士是一伙儿的?"

现在轮到杰姬一脸困惑了,"你在说些什么?这都是达伦·皮那个混球干的!"

罗丝一下子松了口气。不是外星人干的,她的手机也没有酿成大错。但当她再次看向妈妈时,又紧张起来。"究竟发生了什么事?"

杰姬支支吾吾地说:"我不想让你感到自责……"

"妈妈!"现在,罗丝只想知道真相。

"好吧,好吧。"杰姬撑着枕头坐起来,"我在去找迪莉斯的路上经过了米基家,想看看你是不是在他那里,就当碰碰运气。结果,我在门口碰到了达伦·皮。他正抱着一台电视机走出来——我敢肯定那不是他的东西——口中还念念有词,似乎在对你评头论足。我绝不允许他这么说,所以教训了他一顿。"

罗丝闭上眼睛,强迫自己想象这幅画面。她之前看到的那辆警车是不是来找妈妈的?如果当时能过去看一眼,也许……

"达伦声称你揍了他一顿,但你怎么可能自找麻烦呢,对吧,罗丝?"杰姬磕磕巴巴地说,"总之……他想让我替你偿还这一拳。"

"妈妈!"

"没事,他下手不重。我只是看起来伤得厉害。"

罗丝知道这不是事实，实际情况肯定更糟糕。妈妈装出一副勇敢的样子，就是为了不让她担心。

"不过，我被送进医院的时候插了个队。几百号人排着长队，而我却像贵宾一样被推到了单间。护士们围在我身边清创、缝合伤口。"她笑着说道，然后咳了起来。罗丝紧紧抓住杰姬的手，强忍住不让自己哭出来，尽可能不表现得太无助。

"那个混球把我的东西全抢走了。钱包、钥匙……"她接着说，"还有中奖卡片！"罗丝没法儿告诉妈妈关于中奖的真相，至少，在她这么虚弱的时候还不行。

"哦，你的手机也被他抢走了。对不起，亲爱的，我会给你买部新的。"杰姬叹了口气，"虽然警察声称他们会倾尽全力，但我的东西不可能都找得回来。刚刚还有一位警官找过我，说他和同事在住宅区附近没发现达伦的影子。他当然不在那儿了！达伦就算再蠢，也不可能在打劫过的地方继续待着。"

罗丝心想，没错，达伦没那么蠢。说不定，他会翻看自己偷到的东西，然后发现那张中奖卡片。为了离开此地避避风头，他也许会在今天把它用掉。

罗丝看着妈妈伤痕累累的面庞，打心底里希望他真的这么做了。

博士回到住宅区，径直上楼，来到了罗丝家门口。他按了几下门铃,又打开门上的信箱口,对着屋里喊道:"有人吗?"

没人应答。博士推了一下门,发现上了锁。于是,他转而走到米基家门口。虽然豪猪人早已横冲直撞地打开门,但他还是敲了敲门,喊了声"有人吗?"才走进屋。

"我在这儿。"米基的声音从卧室里传来。

博士走进去,看到米基坐在电脑前,一条腿搭在床上。"你这是怎么了?"博士指着满是水泡的膝盖问,"罗丝呢?"

"我受伤了,被豪猪人击中了腿。"米基回答道,"要是你还记得的话。"

博士不屑地挥了挥手,"罗丝怎么样了?他们没抓到她,对吧?"

"没有,她好得很。谢谢你的关心。"

博士叹了口气,"看来,下次我得给你带串酸葡萄来。你知道她在哪儿吗?"

米基耸了耸肩,"我只知道她按你的要求去收走游戏机了。"突然,他变得一脸严肃,"听着,我得给你看一些东西。虽然不值一提,但……呃,挺让人担心的。"他转回电脑面前,点了几下鼠标,然后把椅子往后挪了挪,好让博士看清。页面标题写着:仅需花五十块钱,你就能杀死真正的外星人。

"莫名其妙。"博士发了句牢骚,向下滚动着页面。

屏幕上出现了一张螳螂怪的照片——可能是从游戏里截取的

画面——并配上了一段文字：

这款游戏能让你消灭真实存在的邪恶大虫子。百分之百真实！有意向者请发送邮件至外星杀手1984@mail.net。

博士挥起拳头使劲敲在桌子上，"真是愚不可及！如果有人把游戏机发往全国各地，甚至全世界，那我们就没办法收回来了！希望没人把这些东西当真，否则人类必定蜂拥而至。"

米基清了清嗓子，"我觉得，看到消息的人会认为这是真的。你瞧，我只是在浏览……"

博士退出页面，难以置信地问："你登录了外星人绳缚爱好者网站？"

"我没想到这个网站真的存在！"米基可怜巴巴地辩解道，"呃……有你认识的外星人吗？"

博士果断地关闭网页，"你们人类真是荒唐透顶。"他说，"我要找到罗丝。我们得阻止这一切。"

罗丝搭顺风车回到住宅区时，整个人已经筋疲力尽了。在去医院之前，罗丝一直担心妈妈的安危，害怕她在某颗遥远的星球上被外星人杀死。得知妈妈受伤后，她依然很担心，胃里一阵阵恶心。她害怕事态失去控制，害怕人类难逃此劫。她体力透支，只想坐下来喝杯茶。

一开始，罗丝完全没有注意到坐在门口的博士。看到他以后,罗丝几乎整个人扑了上去。"你好啊!"她说,"你从豪猪人那里逃出来了?"

博士给了她一个"这还用问"的眼神,"那你呢?收走所有的游戏机了吗?"

她倾身向前,将钥匙插进锁孔,"我什么也没拿到。"

"什么意思?"博士跟着她走进了屋里。

罗丝长叹一声,"你绝对不会相信,我妈妈竟然中了度假大奖。"

博士关切地问:"你阻止她了?"

她摇摇头,"没有。她没去度假,反而被人打了一顿,现在正躺在医院里。"她把自己做的事一五一十地讲了出来。

令罗丝感到惊讶的是,博士似乎不太同情她的遭遇。虽然她不指望博士能有多体贴,但如果说句"可怜的罗丝,你都经历了什么啊!"也会让她感觉好点。

"所以,你连一台游戏机都没收走。"博士说,"哪怕你妈妈已经脱离了危险,你也没去试一试。"

罗丝的眼里满是怒火,"我妈妈在医院躺着呢!"

博士耸耸肩,"她在医院有人照顾,你也知道她很安全。你原本可以继续执行计划,说不定还能多救几个人。"

罗丝气得说不出话。博士怎么就不明白呢?当听到妈妈在医院的时候,谁还会担心什么虚无缥缈的外星威胁?但在内心深处，罗丝明白她之所以如此愤怒，是因为博士的话说得没错。

"你有时候根本不像个人！"她大声喊道。

博士扬起眉毛，似乎觉得她这句话很傻。

罗丝一把抓起背包，"那我去收游戏机了。"她的声音听起来似乎没有刚才那么愤怒了。

博士站起身，"好啊，我陪你一起去。"

罗丝握着门把手，正准备出门，家里的电话突然响了。她犹豫了片刻。

"别管了。"博士说。

如果博士没说这句话，罗丝也许不会接电话，但她现在对博士的意见反感得很。说不定，那是医院打来的——这非常重要。

罗丝绕过博士回到屋里。她听见关门声，知道博士丢下自己先走了。她装作毫不在意的样子，但又有点害怕，担心自己再也见不到他了。过了一会儿，罗丝跑下楼梯，扯开嗓子哭喊道："博士！博士！"

博士还没下几层楼，听到她的声音便立刻跑了上来。在罗丝的痛苦面前，他的一切不满全都烟消云散。博士又成了那个时刻准备安慰她的好朋友。

"怎么了？"博士抓着罗丝的肩膀问道。

罗丝不确定地摇了摇头，"一开始，我以为接到了骚扰电话，里面传来浊重的呼吸声。但我……我不知道……我想听听你的意见。"

他们飞快地赶回公寓。罗丝按下免提键,一个年轻男人的声音传了出来,流露出强烈的恐惧。他的嗓音又粗又哑,还带有喘息,听上去像是憋在喉咙里的啜泣声。

"这是什么声音?"罗丝问。她其实早已知道答案,但不愿说出口。

"你的手机和你妈妈的中奖卡片都被抢走了。"博士说,"按理说,它们应该在同一个人手里。那个人得到度假机会,被带到外星球上——"博士的脸沉了下来,吐出最后一个词,"玩游戏。"

"但他为什么要给我家打电话?难道……"罗丝说,"这是我最后拨出的号码。那个人不知怎的按下了重播键或者快速拨号。"

"嘘。"博士指着电话说。罗丝赶紧闭上嘴,认真地聆听起来。就在这时,一个响亮刺耳的声音传了出来,咔嗒咔嗒地响着。之前的啜泣声变得越来越急促。那个人发出咕哝声,似乎极力想说出一个词,但无法听清。随着咔嚓一声——仿佛有人合上了一把巨大的剪刀——某个柔软的东西砰地落在了地上。

之后,电话挂断了。

罗丝拉过一把椅子坐了下来。"听到达伦对我妈妈做了什么之后,"她说,"我一度想让这一幕发生。我希望他去玩那个愚蠢的外星游戏,想看到他被吓得发抖,就像我妈妈被他殴打时那般惶恐不已。我甚至希望他被外星人杀死。"

博士在她身旁坐下来,"你不必内疚,他的死亡不是你造成的。是豪猪人间接杀了达伦·皮。"

罗丝看着博士,苦恼地说:"我不知道自己是什么感觉,但并不内疚。你曾经说过,即使是宿敌,你也不希望这一切发生在对方身上。我的内心现在很矛盾,一方面对他的死亡感到抗拒,另一方面却有些幸灾乐祸。"

"这就是人性。"博士伸出双臂抱住罗丝,"挺不公平的,对吧?当我们被迫去同情自己厌恶的人时,这种感觉就像整个世界发生了天翻地覆的变化。但没关系,你还是可以继续恨他们,只要别落井下石就行。"

罗丝的嘴角一撇,勉强笑了笑,"既然你要这么说……"

博士点点头,"我就这么说了。"

罗丝抽出手帕,使劲擤了擤鼻涕,突然意识到还有一件事忘了说。"米基受伤了。"她说,"我得过去看看他怎么样了。"

"我见过米基了。他会没事的。"博士说,"他只是膝盖受了点擦伤,可能要跛上几周。说到这个……是时候把所有游戏机收回来了!"

罗丝做了个深呼吸,然后站了起来。"好吧。"她说,"我们走吧。"

11

为了说服玩家交出游戏机,他们决定找个借口。虽然这套托词算不上有多好,但总比直接出现在别人家门口索要游戏机强。

罗丝打算伪装成商品质量标准专员,谎称游戏机存在安全隐患,可能会烧毁玩家的住所。她准备扎起头发,改用"苏珊"或者"帕梅拉"之类的名字。这样既合情合理,又值得信赖。

但博士指出,印有罗丝头像的寻人启事已经在住宅区及其周边挂了一年多。附近的居民要么认识她,要么见过她的照片,一看就知道她是谁。所以,他们为什么不相信头发蓬松、老实巴交的十九岁女孩,而要相信一个伪装身份呢?

罗丝承认博士说得有道理。

"不过,"博士说,"我觉得房子着火的点子不错。我们就这么跟他们讲。"

于是,两人立刻行动起来。罗丝敲了敲第一间公寓的大门,过了几分钟,一个年轻女人开了门。罗丝有时候会在住宅区附近看到她吃力地推着婴儿车,但不知道对方叫什么名字。

年轻女人打开门,怀里还抱着正在大哭的婴儿。她看起来并不开心。

"抱歉,打扰了。"罗丝说,"我们想了解一下,你是否在帕西豪猪抽奖活动中赢得了一台游戏机?"

女人盯着他们,"我看起来像是有空玩游戏的人吗?哦,闭嘴,丹尼!"可是,婴儿哭得更起劲了。

"如果你真的抽中了游戏机,"博士插话道,"我们想告诉你机器出了点故障……"

"我没有游戏机。"女人说,"刚才那个人已经问过我了。"她当着他们的面用力把门关上。

罗丝和博士交换了一个眼神,然后异口同声地说:"刚才那个人?"

接着,他们赶到下一间公寓。一个老太太拴着门链,开了一条小缝往外看。博士和罗丝解释了好一会儿,才让老太太明白他们要干什么。但她没有游戏机,只有一套孩童时期玩过的蛇梯棋,以及一副背面印着香烟广告的旧扑克牌。老太太邀请他们进来玩游戏,博士温和地拒绝了她,罗丝则觉得有些内疚。

第三间公寓住着一位年轻妈妈和两个小女孩,正在客厅看电视里播出的儿童节目。年轻妈妈双手交叠在胸前,冷冰冰的表情看着挺吓人的。听博士讲完后,她重重地哼了一声,说道:"啥?游戏机会着火吗?"如果不带着轻蔑的语气,她的苏格兰北方口音本可以令人感到轻松愉悦。

"你没听见消防车经过的声音吗?"博士说,"就在今天下午的早些时候。"

"明天的报纸上会刊登出来的。"罗丝补充道,听上去更像那回事了。

"我这耳朵贼拉好使,但没听到滋水车的声音。"那个女人回答道,"我也没瞅着哪儿冒烟了。"

"行吧,着火点离这里有点远。"博士挥手示意,表明那个地方确实很远。

"哎呀,我知道了。"女人又哼了一声,"要我说,你们的态度比之前那个好得多,至少没说要削我一顿。你们收走游戏机是为了独吞奖金,还是觉得它老值钱呐?怎么个个都想把游戏机带走?"

罗丝一把抓住博士的胳膊。"有人来过了?"她问道,"还让你把游戏机交给他?"

"我可不是什么软骨头,但那个混蛋当着闺女的面威胁我。"女人说,"我犯不着为了傻不愣登的游戏机跟他打一架。"

虽然大门没有甩到两人的脸上,但也暗示他们该离开了。

"我们还是放弃吧。"罗丝说。但博士并不想就此作罢。一个半小时后,他们成功收走了八台游戏机。罗丝抱着三台游戏机,看起来很是吃力。于是,伯顿太太把带轮子的购物篮借给了他们。她是看着罗丝长大的。要是知道游戏机很危险,她肯定不会把它拿给孙子玩。罗丝有点内疚,但不可否认的是,这件事变得容易多了。

有几个人拒绝交出游戏机,还有几十个从没玩过游戏或者把机子直接送了人。但大多数玩家都把游戏机交给了比博士和罗丝早一步赶到的那个人,免得被暴打一顿。令两人感到惊讶的是,有邻居认出那个威胁别人的家伙正是达伦·皮。

"多行不义必自毙。"罗丝说着,跟博士前往下一个住宅区,"早晚有一天他会被游戏干掉。"

博士突然停下脚步,"如果真是这样,那我们得改变计划了。"他立刻原路返回,罗丝见状迅速转身,急忙跟在后面。但博士并没有告诉她为什么计划有变。

"达伦·皮很蠢吗?"博士问。

"简直是个榆木疙瘩!"罗丝说。

"但我觉得他有点脑子。"博士说,"他为了勒索午餐费,会用拳头恐吓低年级学生。但他的做法很精明,既不会被老师抓住,也不会做得太过分,以至于招来警察。"

"所以?"罗丝问。

"所以,我们也许有更多的事情需要担心。快走吧。"

令罗丝感到惊讶的是,博士并没有返回她家,而是径直去了米基的公寓。他连门都没敲就冲了进去。此刻，米基正在卧室里专心地看着电脑。

"我想再看看那个网页。"博士说。

米基一下子明白了他的意图。"简直太疯狂了。"他说，"光这一个晚上，杀死螳螂怪的信息就变得随处可见。在留言板上，售价已经涨到了一百块，易趣网上的价格甚至高达两百多块。"

"该死！"博士踢了一脚米基的床，"我们必须阻止这件事。"

"人们在网上买卖游戏机？"罗丝问。

"愚蠢的人类！"博士大喊道。

米基看起来很紧张，"这还不是最糟糕的。"

博士看着他，"你不会想要告诉我，有人做了更愚蠢的事吧？"

"呃……是的。"米基说，"看起来是这样。"他点击鼠标，"自从你离开以后，我一直在到处搜索，看看能找到什么新的线索。据我所知，这条链接几个小时前才生成。你得输入好几道密码才能进去，可不容易了。但我还是做到了。"米基有些得意地说。

"干得好。"罗丝说，"现在快告诉我们，你发现了什么？"

米基使劲按下回车键,然后向后一靠。

一条发布在论坛上的信息显现出来:

如果游戏是真的,你就可以杀死外星人。这感觉简直棒极了!

后面的签名是"外星杀手1984"。

"他就是那个到处发布消息的家伙。"博士说。

"但这仅仅是个开始。"米基说着,往下滚动页面。新的信息出现了:我想让很多人去死,但不想因此坐牢。如果送这些人去度假,那他们就永远回不来了!赞一个?

罗丝猛吸一口凉气。

"'赞一个'是一条超链接,也是线索的开端。"米基说,"最后,你会得到一个电话号码。"他指了指笔记本,上面潦草地写着一串数字,"对方声称可以卖给你中奖的刮刮卡,让你送讨厌的人去度假。你不会为他们的失踪负责。"他说着打了个寒战。

博士什么都没说,从桌上抄起米基的手机,直接走到了另一个房间。罗丝和米基面面相觑。"这个人很变态,不是吗?"米基说。

罗丝点了点头,没再补充什么。这个人就是个变态,人性已经彻底泯灭了。"你的膝盖怎么样了?"

"又红又肿。"米基回答道,"说实话,我真的不知道该怎么办了。"

罗丝同情地咧嘴一笑。

"我真的需要找个人帮帮我,照顾我的饮食起居之类的。"

"可惜我正忙着拯救世界。"罗丝说,"如果你愿意的话,我可以给社区服务中心打电话,请他们派一位好心的老太太来帮你洗澡。"

米基笑道:"可惜博士正在用我的手机。"

"没关系,他已经用完了。"博士走回来的时候,罗丝说道。但博士的表情止住了两人的调侃。"怎么了?"罗丝问。

"五百块。"博士说,"这就是在互联网上杀死一个人的价格,比一台宽屏电视机贵不了多少。"

"你和那个人谈过了?"罗丝问。

博士点点头,"听起来我好像不是第一个询价的人。我猜,你妈妈也不是唯一一个被抢走中奖卡片的人。"

罗丝想到妈妈正躺在医院里,满身是伤。"我们必须阻止这一切。"她说。

"嗯,没错。"博士说,"这是我们大致的计划。"他伸出手捏了一下罗丝的胳膊,用安慰的动作掩盖了话语中极其轻微的挖苦意味。

罗丝注意到了米基的表情。他不喜欢看到两人关系亲密的样子。她能理解这一点,但现在没时间顾及他的感受了。

"我们必须切断根源。"博士说,"这条信息刚刚在网上传播开来。据我们所知,今天下午之前没有其他人遭到抢劫。就算那个人想邮寄游戏机或者中奖卡片,也要等到明天早上才行。因此,只要我们尽快赶到豪猪人的星球上阻止这一切,游戏或者假期就都不重要了。"

罗丝回过神来,"什么?你发现了星球的坐标?"她问道,"我们能赶紧过去救人吗?"

博士的脸色变得有些难看。"没有。"他攥紧了拳头,"我只知道星球的名字,这条线索没有任何意义。"

"你可以付给那个家伙五百块钱,然后去度假啊。"米基提议道。罗丝似乎从他的语气里察觉到一丝恶意:如果博士永远回不来了,他也不会介意。

"这是个好主意。"博士说。

"什么?真的吗?"米基难以置信地问。

博士很快挫了米基的锐气,"显而易见,你的主意很蠢,但也给了我一点启发:中奖卡片里面一定有豪猪人安装的定向电路,如果我们能得到一张卡片并把它插进塔迪斯里……"他飞奔到门口,"你们俩快来!"米基对着膝盖比画了一下。"哦好吧,罗丝快来!我需要你掏出积蓄来买刮刮卡,直到中了度假大奖为止。"

就在这时,罗丝突然想起了什么。她把手伸进口袋,掏出了一张长方形的小卡片。那是迪莉斯太太在摊位前拿给她的。"像这张吗?"她问,"刚才它似乎还不重要呢……"

博士露出了奇怪的表情,罗丝不确定他是想发脾气还是想亲吻自己。

"好样的,罗丝!"米基说。

博士让米基继续在网上发布有关杀死螳螂怪的反对意见,尽可能使游戏看起来不受欢迎,并顺便传播一下游戏机可能会着火的谣言。米基原本打算放把火烧毁游戏机,然后给当地报社打电话。但他后来意识到,如果真的这么做了,整栋公寓会陷入危险之中,而他自己也没办法逃跑。

"这又是一个愚蠢的主意。"博士没那么严厉地评价道。

"照顾好自己。"罗丝说,"对了,你能请伯顿太太过来把购物篮拿走吗?"

"好的,没问题。"米基有点担心地说,"但你们会回来的,对吗?"

"我们当然会回来啊。"罗丝说,"但问题是,当塔迪斯在时空中穿梭时,我不确定什么时候能回来。"

米基一瘸一拐地走到门口,给两人送行。

"在你把大门修好之前,最好在门缝下面插个楔子。"博士说,"别忘了,豪猪人知道你住在哪儿。"

"你说过你砸坏了他们的传送器!"罗丝说。

"但他们也可能把它修好了啊!"博士反驳道。

"谢谢你带来这个令人振奋的好消息。"米基说,"今晚我会睡得很香的。"

罗丝刚一下楼,就听到大门关上了。"我们能阻止这一切,对吗?"她问。

"小菜一碟。"博士回答道。

"不会再有人类被外星人啃掉脑袋了?"

"对,也不会再有外星人被人类射杀了。"博士说,"别担心,我们会阻止这一切的。没问题。"

就在博士和罗丝离开米基的公寓后,一个黑影溜进了走廊的阴影里。他躲在拐角处,看着那两个人——不可一世的高个儿和口无遮拦的蠢货——走下楼梯。他会抹掉他们脸上的笑容,这样就再也没有人挡住自己的路了。

"你们没法儿阻止这一切。"达伦·皮哼了一声,冲着渐行渐远的背影吐了口唾沫,"我会阻止你们的。"

12

"我爱你，罗伯特。"那个有点像苏茜·普莱斯的金发女孩正一脸崇拜地注视着他，"我一直青睐你，见识过你如何对付那些可怕的外星人。你紧握铁棍，宛如舞剑一般与外星人缠斗，并将其驱逐。你的一招一式表明你定是一位绝剑武士[1]！"

罗伯特谦卑地笑了笑，声称自己从未涉足这类领域，一切招式都是自然而然形成的。

他顺其自然地搂住那个女孩，两人俯身相拥，双唇交叠。这是他的初吻，也是这世间最柔和最美好的一个吻……

事实上，金发女孩坐在房间另一头，根本没有看他。就算她往这边看了，也没注意到罗伯特，可能只听到了他的妈妈在喊"萝卜头！"之类的话。

---

[1] 作者在此处化用了《星球大战》中"绝地武士"的称号。

随后,那个在战斗中被罗伯特击败的外星人首领摘下了面具。豪猪人的脸庞展露出来,他的声音冰冷而低沉:"罗伯特,我是你的爸爸。"

罗伯特知道,命运使他们相会在此。正邪对峙,他必须手刃生父,最终取胜。

接下来,他可能会得到另一个吻。

米基环顾四周,对着原本摆放电视机的位置投去一丝懊悔的目光,最后拿起一本电视节目杂志。"我应该暂时用不上这个。"他喃喃自语道。

他慢慢走到门口,把杂志塞进门缝。虽然有点不牢靠,但至少可以阻止别人突然闯入他的公寓。下蹲的过程中,他惨叫连连——尽管没人在旁边同情他。他瞥了眼墙壁,上面有一个表示停止的红色标志。真可恶,外星人之前竟然没有注意到它。

突然,门外传来一阵响动,米基立刻从门边后退了两步。是外星人吗?他急忙到处寻找武器,但什么也没找到。他集中注意力,然后意识到那是人类的脚步声。难道是博士和罗丝忘记什么东西了?不,外面只有一个人。是小偷吗?

米基一动不动,默不作声。尽管内心深处的他嘲笑自己在胡思乱想,但与博士接触多了之后,他相信外面一定有什么可怕的东西。

"别做噩梦。"《犯法监察》[1]总是这样说。从统计数字来看,节目里播出的那些可怕的案件不会发生在观众身上。可一旦身处险境,危机随时可能出现,你就不再相信那些陈词滥调了。

那个人从他门口经过了吗?没有,他在门口停下来了,还试着拧了拧门把手。正常情况下,拜访者会敲敲门,或者把主人喊出来。可现在,无人敲门,也无人叫门。相反,那个人还试着把门推开了一条小缝。"开门,史密斯。"达伦·皮粗声粗气地说。

米基一声不吭。他尽可能地保持安静,四处寻找其他可以把门挡住的东西。

"我知道你在家,史密斯。我还知道你的怪咖朋友带了些游戏机回来,把它们交给我。"

"没门!"米基下意识地回应道,忘记自己应该假装不在家。

听声音达伦好像开始踹门了。令米基惊讶的是,杂志仍然紧紧地卡在门缝里。但他也知道,大门随时可能被踹开。

接着,声音停止了。米基警觉地直起身子,被一种无法确定的感觉所支配。空气给人一种刺痛感,米基不知为何想起了薄饼日[2]……他听到门外传来一声呼喊——除了米基以外,可能没有其他人听过达伦·皮这样惊恐的声音。

---

1. 英国广播公司播出的一档犯罪调查节目。
2. 大斋节的前一天,英国人按传统习俗要吃薄饼。

随后他意识到,豪猪人冲进他的公寓时也是这种感觉。博士的警告完全正确:他们已经修好传送器,来到了他的家门口。

毋庸置疑,豪猪人会去寻找博士。但万一没找到他,他们或许会绑架米基,让他继续玩游戏。又或许,他们已经发现米基不是游戏达人。为了不让他透露计划细节、地下基地和豪猪人的本来面目,他们可能会杀了他。

米基的公寓没有其他出口。即便他身强体健,也无法抵抗豪猪人的刺针和能量枪。更何况,他的膝盖还受了伤。他以最快的速度往后退,想找个地方躲起来。但紧接着,他听到了外面的声音。

"你们到底是怎么做到的?"达伦·皮大喊道。

一个豪猪人的声音传来:"这个人类目睹了我们的传送过程!他必须被毁灭!"

米基愣住了,等待听见垂死的达伦发出尖叫。不过,这一切并没有发生。

"不要!"达伦·皮说,"我能帮助你们!"

一个豪猪人顿了顿,然后说:"解释一下。"

达伦·皮喋喋不休地讲了起来:"我听到了那个怪咖说的话,所以知道你们是谁,也知道你们在干什么。你们是外星人,想杀了螳螂怪。酷极了。我只想帮帮忙。"

一个豪猪人——米基不确定是不是刚才那个——说道:"你

打算如何帮助我们？"

"我已经搞定了。我找到了一些知道自己在做什么的人，把游戏机寄到了全国各地。"

达伦·皮就是那个死亡贩子，仅用比一台电视机贵不了多少的价格就送人归西。这个结论并不出人意料。说不定，米基的电视机也是他偷的，不然他不会在这里转悠，还偷听了博士和罗丝的谈话。

豪猪人回答道："我们已经找到了需要的那个人，现在来这里抓他回去。"

"什么？那个叫博士的怪咖吗？"达伦说，"他不在这里。"

米基不知道外面又发生了什么，但听见达伦发出了一声惨叫。

"不，听我说，我会帮助你们的。只要让我成为地球独家经销商，我就告诉你们他在哪儿。我只求分一杯羹。怎么样，你们同意吗？"

一个豪猪人思考片刻，说："同意。快告诉我们怪咖博士在哪儿？"

"他带着一个女孩去了你们的星球，还说什么把中奖卡片插进'塌滴丝'就能飞到那儿。"

门外又是一阵沉默。

"我们必须警告弗里内尔。"一个豪猪人说。

"我们必须回到图普星。"另一个豪猪人说。

"那这个人类怎么办？需要我杀死他吗？"

达伦·皮大叫一声："我们说好了的！我会帮助你们的！"

另一个豪猪人开口道："不，把他带回去。我们不能留下知情者。如果他想帮忙……可以去玩游戏。"

达伦·皮又惨叫起来，但声音猛地中断了。米基打了个寒战，难道他们还是杀了达伦？空气中弥漫着柠檬汁的味道，给人一种汗毛倒竖的眩晕感。

米基等待了一会儿，然后再也忍受不了提心吊胆的感觉了。他一瘸一拐地走到门口，耳朵贴在门上。外面什么声音都没有。他扯出皱巴巴的杂志，慢慢地开了门。外面没人——既没有人类，也没有外星人。

米基关上门，又重新把杂志塞进门缝。他踉踉跄跄地回到卧室，一屁股坐在椅子上。他的膝盖疼得要命，但满脑子都是博士和罗丝。豪猪人已经知道塔迪斯在路上了，一定会在图普星上严阵以待。可是，远在地球上的米基没办法警告他俩。

博士和罗丝手拉着手，一路小跑回了塔迪斯。这是一台时光机，可以去往任何时空，但不知怎的，他们仍下意识地想要抓紧时间。

博士并没有把计划告诉罗丝，这实在令她恼火。他要么没有计划，要么打算让罗丝按照自己的要求行事。这样一来，他就不必向她解释鸡毛蒜皮的细节了。但罗丝无法忍受这一点。"你有什么计划吗？"到了塔迪斯的大门前，她问道。即便要做最坏的打算，早点总比晚点好。她只是搭乘博士的时光机，但这并不意味着必须完全按照博士的准则行事。

"我会尝试进入曼托迪恩的据点，找到关押人类的地方，拯救那些被迫参加游戏的人，并劝说豪猪人不要这么做了。无论豪猪人是否同意，他们的计划都无法达成了。"

"太好了。"罗丝说，"我赞成。"

"很高兴听到你赞成我的计划。"博士说着，拿出了塔迪斯的钥匙。

"那我们应该怎么做？"她问，"用盐哄骗他们？"两人结伴穿过住宅区时，罗丝已经详细地解释了她的计划。但博士对此并没有多少印象。

"豪猪为盐痴狂。"她说，"如果有人用汗涔涔的手摸了什么东西，豪猪就会把它咬成碎片。所以我想——"

博士打断了她的话，"这群外星人可不是豪猪！他们会直立行走，会射出刺针，还会发射能量枪。不管大卫·爱登堡[1]是怎

---

1. 大卫·爱登堡（1926— ），世界自然纪录片之父，与英国广播公司合作制作了九部自然历史系列纪录片。

么说的,豪猪可不会绑架人类并把他们传送到外星球上!"

罗丝耸耸肩,"好吧,我知道这个办法没什么把握……"

博士突然咧嘴一笑,"不,这个办法棒极了!"他给了罗丝一个大大的拥抱,让她的双脚都离开了地面,"我不会再让任何人叫你愚蠢的人类了!"

"什么?你是说——"

"没什么。"博士打断她的话,笑着拉起她的手,"等我们到了那儿就清楚了。这样做计划会轻松些。我讨厌因为种种不确定的事情而不停地重置计划。"

"没错,跟着感觉走就行了。"罗丝说,"如果事先把一切安排妥当,你会觉得很无聊的。"

博士不置可否地笑了笑,推开了塔迪斯蓝色的大门。

罗丝现在已经习惯搭乘塔迪斯,享受在奇妙的外星世界恣意徜徉的感觉,就像亚历山大·贝尔[1]和他的朋友习惯打电话一样。更令人诧异的是,这台时光机的里面比外面大。即使它不能穿梭时空,这一点也足够令人惊讶了。

他们走上斜坡,进入黑黢黢的主控室。罗丝从牛仔裤的口袋里掏出中奖卡片,把它放在博士的手上,暗自希望上面的轻微折痕不会损害隐藏其中的电路。

---

1. 亚历山大·贝尔(1847—1922),苏格兰出身的企业家,拥有世界上第一台可用电话机的专利权。

博士将卡片塞进控制台上的一个凹槽。塔迪斯似乎应有尽有，罗丝不禁怀疑它为了适应博士的需求而自行做了调整。但她从没发现塔迪斯里有什么变化，也没看出多了或者少了什么东西。

"不会太久。"博士说。

希望如此，罗丝心想。在陷入致命危险之前，她可不希望有太多思考时间。

博士拨动几个开关，控制台中央的立柱开始上下起伏。主控室沐浴在青绿色的光芒中，表明塔迪斯正在飞行。根据罗丝的理解，他们正身处虚无之中。搭乘塔迪斯旅行更像是进行远程传送，而不是坐在火箭里飞上月球。你不需要绕着土星转圈，也不必冒着危险困在银河系边缘的飞船堵塞之中。你只需要……好吧，实际上，博士更清楚这些细节。现在就安心地待在塔迪斯里吧。

博士双手插兜，围着控制台转来转去，偶尔低头看上一眼。他不喜欢无所事事。"我们马上就到。"他说。

"好的。"罗丝说，"我——"塔迪斯突然剧烈地晃动起来，就像打了个嗝。罗丝腾空而起，双手赶紧抓住一座奇怪的雕塑稳住身体，设法让自己落回地面。雕塑呈"Y"字形，看起来像一棵树。

"怎么回事？"她摇摇晃晃地站稳脚跟。

博士检查起了控制台,"我们被某种能量击退了。"

"曼托迪恩据点周围的力场!"罗丝立刻反应过来,"不能进行远程传送,也不能使用塔迪斯。"

博士点点头,"行吧,A计划用不了了。"

"没事,我们边走边想办法吧。"罗丝安慰道,"无论如何,我们已经在星球上着陆了。"

"嗯。"博士从口袋里掏出音速起子,似乎想确认起子还带在身上,随后又把它放了回去,"我估计塔迪斯使用默认模式,把我们带到了中奖者所在的具体位置。我们最好是——"

"出去看看。"罗丝补充道。

博士打开塔迪斯的门走了出去,罗丝紧随其后。

13

房间里大概有十五个人。现在只有十四个人了,正好十四个。一有人被带走,新的人就会立刻出现。刚刚到这里的人经历了远程传送,通常一脸迷惑,感到不安。如果你跟新来的人多待一会儿,就得向他们解释发生了什么事。可是,没有人知道这一切究竟是怎么回事。有时候,有的人刚一出现就被帕西豪猪带走了;有时候,人们会在房间里待上好几个小时,就像罗伯特一样。没人知道自己会被带往何方。大家都很害怕,不想被挑中。

罗伯特的妈妈做了一件令他感到羞愧的事情:她哭着喊着让帕西豪猪带走自己,甚至拼命挡在罗伯特的前面,阻止怪物靠近她的儿子。

有些人对她说,怪物可能会吃了你。

于是,帕西豪猪选中了她。

千真万确。

罗伯特不愿相信那些人说的话,更不愿相信眼前发生的这一幕。

"你们不许伤害我的儿子!我不会让你们带走他的!"他的妈妈大喊道。

罗伯特觉得豪猪人并不懂得如何区分人类。他们只会随机带走一个人,不会刻意留下谁。有的人以为离他们最近的人会被选中,于是尽可能躲到其他人后面。罗伯特鄙视那种人,觉得他们都是胆小鬼。然而,他自己也被推到了最后面。大家想要保护罗伯特,因为他是房间里年龄最小的一个。尽管罗伯特告诉人们别这么做,但他既没有走出人群,也没有像他妈妈那样大喊"换我去吧!"之类的话。

他渴望变得勇敢,渴望成为英雄。但他的妈妈才是真正的英雄。

英雄终会归来,因为他们总是攻无不克,战无不胜。

除了罗伯特以外,房间里还有一个叫作莎拉的金发女孩和她的妈妈。罗伯特之所以知道女孩的名字,是因为听见她的妈妈喊过她。哪怕是生死关头,女孩们也不会跟罗伯特搭话。莎拉在完美无瑕的冷笑与美丽动人的噘嘴之间切换着表情。刚到这里时,她哭了一会儿,但现在只有无聊。房间里还有四对不同年龄的夫妇,分别是恩科莫夫妇(三十来岁)、凯兹比夫妇(四十来岁)、斯诺夫妇(五十来岁的老家伙)和阿塔拉夫妇(六十多岁的老古董)。他们都是新来的。斯诺夫妇似乎还没有意识到发生了什么事,一直坚持要跟负责人谈谈。大家只好躲着他俩。

有个叫丹尼尔·戈德堡的人独自坐在角落里哭泣，因为他的妻子被带走了；还有一个二十来岁、西装革履的男人正歇斯底里地喊个没完——在断断续续的呜咽声和尖叫声中，他说自己名叫乔治。罗伯特觉得他挺讨厌的，希望下一个被带走的就是他；一位叫作佩普乔伊的老奶奶声称现在是战时状态，想组织大家来首振奋人心的大合唱。她唱起了《把烦恼扔进旧背包》[1]这首歌，但罗伯特并不觉得有任何值得"笑一个"的事情。如果她闭上嘴巴，大家可能会报以感激的微笑。

忽然，一阵响亮的呼哧声回荡在房间里，听上去像是某个巨大的引擎开始运转起来了。人们顿时惊恐万分。

"是绞肉机的声音！"乔治大喊道，"它会把咱们全都吃掉的！"他一把抓住恩科莫太太，把她拉到自己身前。恩科莫先生见状立刻推开乔治，似乎想揍他一顿。罗伯特并没有责怪他。

紧接着，那个东西凭空出现，吸引了所有人的注意力。尽管它看起来并不可怕，但比罗伯特想象的任何一台绞肉机还要奇怪。那是一个蓝盒子，大概一人多高，顶部有灯光在闪烁，四面的上半部分装着小窗。它看着像一所工棚，只是上面写着"公共报警电话亭"几个字。人们驻足凝视，似乎过了很长时间，但事实上只有几秒钟。

---

[1] 一战时期英国军队的经典歌曲。

阿塔拉太太对她的丈夫说:"这是个警亭,就像我们以前用的那种。"

阿塔拉先生回应道:"我记得。"说完,两位老人牵起了手。

随后,警亭的大门打开,一个男人走了出来。他个子很高,头发很短,穿着相当帅气的破夹克衫,看着有点像学校里那些赶时髦的老师。罗伯特顿时被他吸引住了。如果他的生父出现的话,罗伯特希望他看起来就像这个男人一样。另外,他也希望对方能乘着蓝盒子从天而降。

接着,第二个人从警亭里走了出来。罗伯特一看见那个女孩,立刻把金发碧眼的莎拉和苏茜·普莱斯抛在了脑后。她才是他一生挚爱的女孩——美貌惊人,酷炫无比,完美无瑕。她大概十九岁,但这不重要,因为罗伯特已经足够成熟了。女孩金发过肩,丹唇微张,眼含笑意。她走出蓝盒子,跟罗伯特对上了眼。他立刻感觉到了二人之间的情感羁绊。

女孩推开同伴,直奔罗伯特而来,眼中再无旁人。

她向罗伯特伸出手,而他则一把抓住。她说了句"你好",随后露齿一笑。

他上气不接下气地说:"我是罗伯特。"

女孩说:"我知道。我专门为你而来,罗伯特,因为你非同寻常。我已对你朝思暮想久矣。"

他回答道:"我也一直想见到你。难以想象世间竟有你这样的美人。"

她倒进罗伯特的怀里,而他则站得笔直。他闭上双眼,"我甚至不知道你姓甚名谁……"

接着,他睁开眼睛,发现女孩仍然站在警亭前面。"没事了。"高个子男人环顾四周,然后操着北方口音说,"救援队来了!"

罗伯特发自内心地笑了起来。

塔迪斯降落在一个由混凝土浇筑而成的昏暗房间。一群人缩在角落里,小心地打量着博士和罗丝。大部分都是成年人,还有一个男孩和一个女孩。他们的额前都贴着闪光的圆盘,就像游戏里的霍尔太太一样。

"我来带你们回家。"罗丝说着,向前走去。

人们露出难以置信的笑容,其中一人直接匍匐在地,哭了起来。

一个留着小胡子的男人挤到最前面,问道:"你们是这儿的负责人吗?我严正抗议!"

奇怪的是,他旁边的一位老妇人开始唱歌:"多佛白崖上飞过蓝知更鸟……"[1]

"亲爱的,别以为你在英格兰能找到什么蓝知更鸟。"博士说,"这里倒是有蓝盒子,另外……"他面朝塔迪斯做了个夸张的手势,就像马戏团的驯兽员一样,"如果可以的话,麻烦你们从这边进去……"

房间的大门砰地打开,两个豪猪人出现在门口,后面还跟着几个。他们低下头,竖起了背上的刺针。

博士立刻喊道:"快进去!"角落里的可怜人还没迈出一步,刺针便接二连三地飞过空中,落在了那些人脚边的水泥地板上,还有几根扎在塔迪斯的外壳上。

"这只是一个警告!"领头的豪猪人喊道。在场的人类全都愣住了。

两个豪猪人缓缓走进房间,身后还跟着一个罗丝认识的人类——达伦·皮。

"他为什么会在这儿?"罗丝向博士喊道,"我以为他已经死了!"

"死了可就便宜他了。"博士说,"他就是收走游戏机并在网上贩卖的那个家伙。"

罗丝终于反应过来这一切是怎么回事,后悔自己为什么现在

---

[1] 出自著名英国歌曲《多佛白崖上的知更鸟》。二战时期,这首歌曾起到抚慰人心的作用。

才想明白。她和米基听到的响动不是什么小偷，而是达伦·皮。他听到了他们讨论的一切：游戏、假期和外星人。接着，达伦在下楼时碰到了杰姬，抢走了她的中奖卡片和手机。不过，他没有使用那张卡片，而是直接卖掉了。某个可怜的家伙买到卡片，最终死在了这颗星球上。

"之前通话的时候，他建议我花五百块钱买一张中奖卡片，然后送给我家不受欢迎的姑妈。我想，我认出了那个声音。"博士提高嗓门说，"当你发现可以用中奖卡片捞到更多钱时，一定挺不爽的，因为当时你已经卖出了杰姬的中奖卡片和手机。那次你赚了多少钱？二十块还是三十块？"

达伦·皮皱着眉头，没有说话。这时，一个男孩从人群中走了出来。"约翰·迪恩斯。"他哭喊道，"他在酒吧花了三十块钱从达伦手上买了中奖卡片，还免费得了部手机。约翰在房间里待了五分钟就被豪猪人带走了。"男孩停下来看了看手表，"大概是在两个半小时之前。"

"时间对得上。"罗丝悄悄地说。她在读书的时候认识的约翰·迪恩斯。虽然跟他不熟，但知道他是谁。她还记得达伦·皮曾经殴打过约翰——这完全就是霸凌行为。约翰买下中奖卡片时，可能并不知道他的死对头为什么要帮自己的忙。罗丝想起电话里那个绝望无助、垂死挣扎的声音。当时，她怎么也没办法感到内疚。现在，当罗丝知道死掉的是一个跟自己无冤无仇的人时，她突然内疚极了，胃里翻江倒海。

剩下的豪猪人也走了进来，房间里一共有五个了。对博士和罗丝而言，对方人数众多，他们不能轻举妄动。为首的豪猪人指着罗丝说："让她做好准备。"她感觉情况不太妙。

博士挡在罗丝面前，"你们不准动她一根手指头！"

"你别无选择。"豪猪人看着博士，得意地笑道，"你将为我们玩这个游戏，而那个人类——"他指向罗丝，"将是你的载体。如果你敢反抗，我们就杀了她，然后在这些人类之中——"他指着瑟缩在角落里的人群，"找一个替代的载体。"

"带她走！"人群中传出一个声音，来自那个一直匍匐哭泣的年轻人，"放过我们吧！"罗丝立即对他产生了无比强烈的厌恶之情。

博士一动不动，豪猪人的刺针唰唰地竖了起来。罗丝心想，与其现在被杀死，不如放手一搏。她向前走去，尽可能显得泰然自若。一个年轻的声音迟疑地说："别担心，整个过程不会太痛。"罗丝转过身，看到之前说话的那个男孩指着额前的金属圆盘。看来，这就是豪猪人首先要对她做的事情。她给了男孩一个微笑，以感谢他的安慰，并试着表明自己并不害怕。

当罗丝经过博士身边时，他突然给了她一个巨大的拥抱。那一瞬间，罗丝吓坏了。她害怕这就是永别，也许博士无法将自己救出来……但后来她感觉到，博士把什么东西放在了自己的手心里。这个夸张的拥抱只是为了分散豪猪人的注意力。他们大喊着让两个人分开，罗丝赶快把博士的音速起子塞进了左手的袖筒。

两个豪猪人架着罗丝走进一条沉闷的灰色走廊。她没有尝试逃跑，毕竟，这些外星人能射出尖尖的刺针。更何况，她又能逃到哪儿去呢？

走廊的尽头有一扇门，豪猪人将她带进了一个房间。

罗丝首先注意到了窗外的景象。她知道图普星是一颗沙漠星球，也在游戏里见过，但亲眼见到这一切还是令人震惊。不知何故，她原本以为这里会是扩大版的绍森德[1]——只不过少了些卖冰激凌的摊位，多了一片绿洲。

然而，不同于海边假日的蓝天和灿烂阳光，这里的天空呈现出黯淡的灰蓝色，让人感到乏味。太阳明晃晃地照着，白得刺眼，毫无生气。这里的沙子并不松软，无法用来堆砌城堡。荒凉的沙地枯黄干裂，尘土飞扬，像是一片令人沮丧的死寂之地。不远处有一栋孤零零的建筑，是个黄色的小土包，看上去就像把一桶沙子倒扣过来，再用铲子削去了顶端。罗丝猜测那是螳螂怪的地盘。虽然近在咫尺，却是战场。

抓住罗丝的豪猪人咆哮不已，她则尖叫起来。"一个饱经螳螂怪屠戮的世界。"豪猪人说，"但很快就要结束了。"

---

1. 英国著名度假胜地，位于伦敦以东的埃塞克斯郡。

"你们有没有想过……比如，试着和它们做朋友？"罗丝问。但豪猪人没有理她，只是一把抓住她的胳膊。"哎哟！"她说，"或者你们可以装上窗帘，眼不见为净……"豪猪人依旧无动于衷。

房间里有几张工作台。一个豪猪人把她拖到远离窗户的台面旁，另一个则拿起金属圆盘，举到与罗丝的脑袋齐平的位置。她本能地往后躲，一不小心踩在了身后那个豪猪人的脚背上。他不耐烦地把罗丝往前推，另一个豪猪人则使劲把金属圆盘按向她的额头。圆盘边缘伸出了小爪子。

令罗丝感到惊恐的是，爪子并没有和预料中一样贴在额前，而是向皮肉里推进，紧紧攥住了她的脑袋。这种体验实在可怕，但男孩说得没错，整个过程一点也不痛，只是隐隐有些不舒服，就像扎耳洞时被快速地戳了一下。

随后，其中一个豪猪人拿出一只小银盒，按下上面的按钮。疼痛来临了。

也许算不上痛，但非常令人不快。罗丝的体内似乎滋生了什么东西，从额前开始慢慢扩散至全身，仿佛有细小的电线缠绕在每一根神经上。最糟糕的是，她没办法做出任何反应，既喊不出声，也动弹不得。

豪猪人又拿出一个金属块，上面穿着一根粗大的金属导线。罗丝立刻明白他们准备动真格了。豪猪人把金属块挂在罗丝的脖子上,让导线像套索似的绕了几圈,将线头从她两侧的胳膊下穿过,最后在背后系牢。如果不剪断导线,或者脑袋不搬家,罗丝就没办法摆脱这个小方块。

罗丝看着豪猪人走到嵌入墙体的控制端前,那台装置和伦敦地下基地里的一模一样。豪猪人开口道:"玩家准备好了吗?"

"玩家已就位。"一个声音向他确认说,"可以派出载体了。"

"收到。"

豪猪人在控制面板上操作了一番。刹那间,罗丝闻到了空气中的刺鼻气味,然后被远程传送到了某个地方。

14

那个家伙就这样让豪猪人带走了漂亮女孩,罗伯特简直不敢相信。他才刚认识那个女孩,她就被带走了。

不过,他看起来好像很不高兴。虽然他现在什么也没做,但罗伯特非常肯定他是不会接受现状的。

高个男人转身面向最近的豪猪人,"我原本只想救出所有人类,顺便破坏远程传送程序,这样你们就没法儿再这么干了。"他侃侃而谈,相当冷静,"不过,要是你们敢伤她一分一毫,我就让这颗星球化为齑粉。"

好耶,罗伯特心想,要是豪猪人敢伤害那个女孩,他会帮那个家伙把星球砸个稀巴烂!

跟豪猪人一起进门的丑八怪嗤笑一声,说:"就凭你?"

高个男人转向他,"达伦,你知道吗?我说的'化为齑粉'也包括你。"他看起来好像没开玩笑。罗伯特很高兴看到达伦变得有些紧张。

不过,豪猪人对此似乎毫不在意。"你的载体即将就位。"

他对高个男人说，"你得跟我们走，准备玩游戏。"

"有本事你再说一遍！"达伦叫嚣道。

高个男人居然笑了起来。"你知道自己看起来有多可悲吗？"他对达伦说，"你以为只要跟豪猪人结盟，他们就不会用这种法子来伤害你吗？就好像他们觉得你和其他人类不同似的！你知道豪猪人会如何称呼背叛自己种族、自私自利的人吗？那些人被称为'弱鸡'。"令罗伯特又惊又喜的是，那个男人模仿起了小鸡的样子，一边挥动手臂一边咯咯叫。

听了这番话，达伦很是生气。"没人敢叫我'弱鸡'！"他大喊着向前冲去，好像要揍高个男人一顿。其中一个豪猪人伸出爪子阻止了他。"人类，保持安静！"

又一个豪猪人走进房间，"我们还需要三个载体，弗里内尔。"

那个叫弗里内尔的豪猪人点了点头。罗伯特的胃一阵收缩。又有三个人类会被带走，天知道他们会发生什么！最后进来的那个豪猪人向人群走去。

"等等！"高个男人喊道，"要是我来玩游戏，你们就不需要别的玩家了！切断与地球的链接，别再让人类玩游戏了。"

弗里内尔露出一丝奸笑，"在你通关之前，这个游戏会一直玩下去。"他说，"说不定外面还有跟你一样优秀的玩家。"

"绝不可能！"高个男人气恼地说，"我之前警告过你的同伴，你们不可能再找到能够通关的人类了！我是你们的唯一机会！这么做毫无意义，只会让人类白白送死。"

听到这里，乔治发出一声哀号，大多数女人则纷纷叹息起来。丈夫们将自己的妻子拥入怀中，莎拉的妈妈紧紧抱着女儿，罗伯特则孑然一身。其实大家心里都明白，被带走的人终将死去，但他们仍心存侥幸。

罗伯特感觉眼泪在眼眶里打转，眼睛开始发痒，不怎么舒服。他用力地眨了眨眼。

豪猪人向他们走了过来。罗伯特昂首挺胸，尽可能掩饰内心的恐惧。乔治还在哀号，罗伯特觉得他这样做太蠢了，肯定会被选中的。可是，豪猪人带走了恩科莫夫妇和斯诺先生。恩科莫夫妇手牵着手走出去，斯诺太太则抓着丈夫的胳膊不肯松手。她对豪猪人大喊大叫，指责他们的暴行，但无济于事。该来的还是来了。豪猪人将一只小银盒对准他们的额头，三个人的身体接连变得十分僵硬，就像雕塑一样。他们额前的圆盘闪起了红光。随后，豪猪人按下小银盒上的一个按钮，三个人机械地行动起来。如果这是某档可笑的少儿节目，他们齐步走的画面还挺有意思的。也许，尴尬的主持人还会对着镜头与观众互动："现在，假装自己是一名士兵。你们做得都很棒！"但此时此刻，没人觉得这一幕有意思。

丑八怪达伦是个例外。他学着他们的样子走来走去，嘴里念念有词,眼睛瞪得溜圆。罗伯特真的很想揍他一顿。

另一个豪猪人出现在门口。"托拉尔!"他对拿着银盒子的豪猪人喊道,"现在需要再加一个载体。"

"要我说,你们的效率不太高啊。"高个男人说,"我想知道,游戏的开机动画为什么这么长?我敢打赌,很多玩家在游戏正式开始前就感到无聊了。"

"需要选他当载体吗?"托拉尔指着高个男人问道。罗伯特心头一惊。

在房间的另一头,达伦仍在做着机械动作。"好啊,就选那个怪咖。"他笑着说,"让他好好看看,豪猪人会怎么对付威胁自己的人。对吗?"

弗里内尔转身看向达伦。罗伯特也跟着看了过去,心中既感到恐惧,又充满蔑视。难道达伦没发现豪猪人看他的眼神和其他人类毫无二致吗?难道他看不出自己并非其中一员吗?他以为自己很安全,但事实并非如此。

然后,弗里内尔开口道:"不行,这名玩家能够为我们赢得胜利。"他扬起一只爪子,指向达伦,"选他。"

达伦过了一会儿才明白弗里内尔的意思,尖叫道:"但我帮了你们,还告诉你们那两个人的计划和飞船的事!要不是我提醒你们,他们早就把这颗星球搞得一团糟了!"

然而,他的话并没有奏效。罗伯特努力想把视线移开,但脑子无法处理这项指令。托拉尔举起小银盒，又很快意识到达伦的额前没有装金属圆盘。

豪猪人做了个手势，一支怪诞的小队随即离开了房间。三个载体跟着手握小银盒的豪猪人，紧随其后的达伦被钳住了双臂，队伍最后还跟着一个豪猪人。

高个男人注视着人群，似乎想让他们从可怕的景象中转移注意力。"不会再有人遭遇不幸了，我保证。"他安慰道。罗伯特不知道他能不能做到，但他的语气那么真诚，让人不得不信。"我会阻止这一切的。"

房间的大门重新关上了。那个叫作弗里内尔的豪猪人对高个男人说："现在，你得跟我走。"他转向同伴，"再带上一个人。"他对角落里的人群做了个手势。

大家又愣住了，虽然没有完全放松警惕，但都以为这一轮挑选已经结束了。倒霉鬼被选出来，其他人暂时安全了。然而，他们并没有脱险。

罗伯特看到人们又开始往后退，但已无处可躲。乔治又哀号起来："不是我！不是我！"罗伯特厌恶地看着他，心想：胆小鬼！胆小鬼！胆小鬼！

但罗伯特自己也是一个胆小鬼。他任由豪猪人带走其他人，却没有上前阻止，也没有像妈妈那样牺牲自己的生命拯救别人。他还是个孩子，应该被保护起来。他很特别，他是……

但他一点都不特别，也不是天选之子。

罗伯特喜欢看讲述天选之子的小说、电视剧和电影。作品中的主角通常是一位英雄，特立独行，盖世无双。罗伯特常常幻想这样的事有一天会发生在自己身上，但同时也注意到了一点：当主角的生命危在旦夕时，总有人愿意献出生命，让他反败为胜、笑到最后——每个人好像都理所当然地接受了这种做法。通常情况下，主角对那些牺牲的凡人知之甚少。刚开始他可能会感到懊悔，但之后就很少再去关注他们了。

罗伯特知道自己并非英雄，也毫无特别之处。当他看到那个被达伦称为"怪咖博士"的人时，便立刻明白：英雄非此人莫属。

罗伯特相信博士能够阻止这一切，不会再有人遭遇不幸了。既然豪猪人还要带走一个人，那他愿意帮助英雄，为大业献身，哪怕不得不去赴死。这样一来，莎拉和她的妈妈、佩普乔伊太太以及其他人就都没事了。罗伯特知道，博士会想法子救出那个曼妙的女孩。虽然女孩永远不会知道他的名字，但或许会为他流一滴眼泪，遗憾地说："那个男孩是最终赴死之人。若不是他牺牲自己的生命，我们永远无法成功。"

于是，罗伯特挣开佩普乔伊太太和凯兹比太太握紧的手，跻身向前喊道："带我去吧。"

豪猪人照办了。

令罗伯特感到意外的是,没人激活他额前的圆盘。他又高兴又害怕,走出房间时仍然具有自我意识。他尽量不向走在旁边的高个男人——也就是那个英雄——表明这一点。

高个男人转身面向罗伯特。"你好。"他说,"我是博士。"

"我是罗伯特。"

"你挺勇敢的。"博士说着,来到了一条走廊上。

"还行吧。"罗伯特不好意思地喃喃道。他原本以为,英雄只会在别人死后才加以赞誉。过了一会儿,他问道:"他们会吃了你吗?"

博士抽了抽嘴角,但罗伯特看得出来那副表情并不是嘲笑。"他们不吃人。"他说,"大家都是这么想的吗?"

罗伯特点了点头。

"关于豪猪人的所作所为,我不能告诉你太多。"博士说,"但他们的做法是邪恶的。人们不断在游戏里死亡,死得还很惨。"

罗伯特忍不住抽泣起来。声音一半憋在喉咙管里,一半冒出了嗓子眼儿。

博士拍了拍他的肩膀。"没事的。"他安慰道,"我知道这挺吓人的,但我不会让他们伤害你。"

不过,罗伯特不是为自己哭泣。现在,他不得不面对这个事实了。"他们带走了我的妈妈!"他哭着说,"我讨厌她,但也许以后再也见不到她了。这真是世界上最可怕的感觉!"

博士将手搭在他的肩膀上,加大了力度。"哭出来没事的,我也经常哭鼻子呢。"对罗伯特来说,在陌生人面前,尤其是英雄面前崩溃大哭,简直跟妈妈被带走一样糟糕。

"真的吗?"罗伯特强忍着眼泪问道。他知道博士在撒谎,但还是试着相信他的话。

"真的。"博士说,"另外,我们得好好谈一谈。我已经和罗丝——也就是我的同伴——聊过有关自己厌恶的人死去这个问题。"哦,她的名字也是如此动人。"我觉得你应该换个角度看问题。比如,你不是真的讨厌你妈妈,或者更确切地说,你对她又爱又恨。但不管怎么说,我们会解决好的。"

罗伯特突然明白拥有父亲应该是一种怎样的感觉了。

豪猪人把他们带到一个房间里。这里又脏又破,就像星球的其他地方一样。但令罗伯特感到惊讶的是,其中一面墙上挂着一块大屏幕,屏幕前甚至还摆放着座椅。难道豪猪人要放电影吗?他们的待遇显然跟其他人不太一样。

博士似乎知道马上要发生什么事,径直走向椅子坐了下来,还示意罗伯特也落座。其中一个豪猪人递上某种装置,看起来就像罗伯特家里的游戏手柄。博士把它接过来,双手握住。

突然,嵌在墙上的控制面板亮起灯光。弗里内尔走过去,按下按钮。一个声音从面板上传了出来："玩家准备好了吗？"

"玩家已就位。"弗里内尔说，"可以派出载体了。"

"收到。"对方回应道。

屏幕亮了起来，画面模糊不清，就像电视机没插天线似的。接着，画面逐渐聚焦，一道门显现出来。

"我只是好奇问问，"博士对弗里内尔说，"我知道，罗丝一离开曼托迪恩的据点就会被炸死。但如果我让她原地打转的话，你们会怎么做？"

罗伯特不明白博士的意思，但听懂了弗里内尔的回答。

"这就是我让他们再带上一个人的目的。"他指着罗伯特说，"如果你的表现不尽如人意，我们就杀了他。"

15

罗丝头晕眼花,脑袋发蒙,感觉很不舒服。她想闭起眼睛,捂着肚子,直到不适感完全消失。可是,她的身体动弹不得,好像被水泥裹住了似的。这种感觉又像在做噩梦——她想逃跑,却根本迈不开腿。

但她知道自己现在清醒得很。

罗丝的视线逐渐清晰,恶心的感觉也缓解了不少。现在,她已经身处曼托迪恩的据点之中了,反正她是这么认为的。她不能左右转动脑袋,只能看到眼前那道门和周遭的墙壁——至少她能转转眼珠子。她集中注意力,然后发现自己可以眨眼了。她试着发出声音,但除了咕哝声,什么也说不出来。看来,她还得多加练习。

罗丝很想知道,博士是不是也看到了同样的景象。也许,他正坐在屏幕前,盯着那道破门和那堵破墙。她猜测额前的圆盘应该装有摄像头,并能接收博士的操纵指令。

突然,在罗丝本人毫无察觉的情况下,她的右手臂开始活动，就像被一根绳子牵起来一样。接着，她握紧了拳头。难道博士想让她击打什么东西吗？罗丝盯着自己的手，大拇指不受控制地伸出来——这是博士对她竖起了大拇指。

罗丝心想，你当然感觉不错，博士，你又没待在全是两米高螳螂怪的金字塔里。

门上滚动着一些符号。罗丝对此束手无策，好在她的手指知道该按什么按钮。咔嗒，咔嗒，大门滑开了。她的双腿带她走进去，然后猛地一停。罗丝低头向下看，发现前面有个深不见底的大坑。如果她刚才往前多走一步……

罗丝试着找出另一条路。也许，她能从大坑两侧绕过去？可是，她的膝盖已经开始弯曲，大腿也紧绷起来。博士不会是想让她蹦过去吧？大坑至少有八米宽，对螳螂怪来说也许不成问题，但即便是丹妮丝·刘易斯[1]也没法儿原地蹦过去！博士到底在想什么？

然后，她飞了起来。

罗丝不知道该怎么描述这种感觉。她还没来得及仔细感受，整个过程就结束了。有什么东西赐予了她力量，使她的四肢不受控制，使她的肌肉得以充分发挥潜力。这种感觉虽然很可怕，但也令人兴奋。没时间细想了，她的脚又开始往前走。

---

1. 丹妮丝·刘易斯（1972— ），英国著名运动员，曾在2000年悉尼奥运会上获得女子七项全能金牌。

罗丝沿着一条黑暗狭窄的通道继续行进。走到拐角处时，她的身体想往前走，但又有一股力量把她拽了回来。她呆呆地站在原地，两股力量在她身上左右拉扯。博士似乎想把她带往某个地方，但控制她的装置却不允许这样做。一场拔河比赛在罗丝的体内进行着，她的五脏六腑就是那根绳子。

罗丝记得博士说过，游戏设置了保护措施，以防玩家撞见其他人，从而破坏游戏的虚拟性。也许，他们额前的圆盘就像磁铁的两极，两个载体如果靠得太近就会互相排斥。之前在豪猪人的地下基地，博士曾想办法改成了手动操控。他这次肯定还想这么做，但没有意识到会伤到罗丝。

罗丝想说点什么以示抗议，让博士知道自己的内脏快被扯破了。可是，她一句话也说不出来。

随后，拉扯的感觉停止了。罗丝凭自己对博士的了解——尽管时间不长——猜测他应该是放弃了。她的双腿又开始向前走，来到通道尽头，被迫拐了个弯。这种感觉太可怕了，她无法预知前方有没有螳螂怪，连做准备的时间也没有。罗丝的心提到了嗓子眼儿。万幸的是，没有东西咬掉她的项上人头。出发前，豪猪人给了罗丝一把小枪，但她不确定博士会不会用上——即使到了最后关头。

她来到另一道门前，解开了新的谜题。门开了，她往下看了一眼，想确认是不是还有大坑。

房间里没有大坑，但有比那更糟糕的东西——碎了一地的人类尸骸。米基第一次展示游戏的时候，他们还以为那是逼真的恐怖背景。死者的身份已经无从分辨。即使是福尔摩斯在这里，也无法将游戏里的残缺衣物和本应该在海边度假的人联系起来。

血淋淋的导线缠绕着骷髅的脊椎和肋骨，上面还挂着用作干扰装置的金属块，但金属圆盘连同脑袋都不见了。罗丝四处寻找，终于在房间另一头找到了骷髅头。她的胃里一阵恶心，担心自己吐出来。万一不能张嘴，她会不会被呕吐物给呛死？

还好，罗丝最终忍住了。这只是一具恶心的骷髅，但不会伤害她。

突然，罗丝的身体猛地摇晃起来，她不受控制地弯下腰，离那具可怕的骷髅越来越近。博士究竟想干吗？！难道她一直误解了他俩的朋友关系，其实博士特别讨厌她，恨不得让她受苦？罗丝远远地闻到了一股淡淡的血腥味儿。难道博士想来个犯罪现场调查，从尸体中找出蛛丝马迹？如果真是这样的话，她或许能帮博士省了调查的麻烦。显然，这个人是被螳螂怪咬掉脑袋，然后……吃干抹净了。

罗丝离骷髅越来越近了。她试着闭上眼睛，但感觉更糟了，好像随时会一头扎进去。她睁开眼睛，发现自己正对着骷髅的盆骨。然后，她的手不受控制地伸了出去……这么做太恶心了，博士，你最好给我一个充足的理由。

博士的理由很快就出现了。

在那条破烂的牛仔裤残片之下,一个小小的黑色塑料块伸出了一角。博士敏锐的目光一定是察觉到了什么。她抓住塑料块,把它拉了出来。

那是一部手机。

正是她的手机。

手机还是开机状态,屏幕上显示着"家"的备注。虽然跨越数千光年,但信号仍然无损。

原来,这具骷髅是约翰·迪恩斯的,她曾经听到了他的死讯。

罗丝关闭手机,把它塞进自己的牛仔裤兜,然后走了出去。

"我要妈妈!"罗伯特尖叫道,"妈妈!我要妈妈!"他被绑在椅子上,眼泪顺着脸颊直往下淌,"放我走!我要妈妈!"

弗里内尔绑好他们之后便离开了房间,声称自己要去做入侵的准备。从那时起,剩下的另一个豪猪人就一直盯着屏幕。他转向罗伯特,举起小银盒挥了挥,然后威胁道:"别出声!"罗伯特知道那意味着什么:要是他还不闭嘴,豪猪人就会激活金属圆盘,让他跟其他载体一样变成僵尸。罗伯特停止了叫喊,于是豪猪人再次转向了屏幕。

罗伯特转头望着博士,泪痕满面。"这样行吗?你拿到了没?"他低声问。

博士动了动嘴角,"拿到了,谢谢。"他顿了顿,"把情绪全部发泄出来对你来说是件好事。"

罗伯特紧张地说:"我只是在装哭。"

"装的啊,行吧。"博士小声说。

他们默默地坐了一会儿,看着罗丝的一举一动。罗伯特发现自己很难接受这件事:那个曼妙的女孩正在遭难,而博士却以某种方式操控着她。

令罗伯特感到惊讶的是,他还没死。从某种意义上来说,当人质似乎是可耻的,因为豪猪人利用他强迫博士去做不愿意做的事情;但罗伯特觉得自己是在设法帮助英雄,于是又感到宽慰。正如他所料,博士有一个计划。但不幸的是,他们都被绑在椅子上,还有一个豪猪人留在这里监视着游戏进度。博士想趁豪猪人分心的时候展开行动,这就意味着罗伯特必须想办法分散他的注意力。

这件事本来挺容易的,但博士说他需要较长的时间。于是,罗伯特有些不知所措了。"你也看到了,"他对博士耳语道,"要是我再做点什么,豪猪人就会激活它。"他暗示博士看向自己额前的圆盘,"到时候我就帮不了你了。"

"所以你是说,我们需要先让这玩意儿失灵,你才能让豪猪人分心?"博士问道。

罗伯特笑着说："差不多吧。我也不知道该怎么办。"他的声音发抖，听起来很可怜。罗伯特试着控制自己的气息，说："我希望豪猪人也装上圆盘，这样我们就能把他变成僵尸了……"

"是啊。"博士说，"那就好办了。"

博士操纵罗丝顺利地通过一段陡峭的阶梯。豪猪人继续盯着屏幕。

"看着我。"博士低语道，罗伯特照办了。博士倾身向前，检查着他额前的圆盘。

"有人试过把它弄下来，"罗伯特告诉他，"但就是办不到。"

"我可不一样。"博士咧嘴一笑，随后垮下脸来，"真该死，我把音速起子留给罗丝了！好吧，那就即兴发挥……快喊吧！"

罗伯特照做了。虽然豪猪人随时可能把他变成僵尸，但博士需要他这么做……

"放我走！放我走！"罗伯特声嘶力竭地哭喊起来。

豪猪人再次威胁地举起了小银盒。

"你快看！"博士举着游戏手柄喊道，"游戏出问题了！"

罗伯特和豪猪人同时看向屏幕，发现画面正在上下晃动。尽管豪猪人没有注意，但罗伯特已经发现了原因：博士正用大拇指快速连击某个按钮。"对不起啊，罗丝。"博士喃喃自语道，"不过，做些锻炼对你来说也没什么害处。"他向豪猪人挥了挥手柄，"你得修理一下。"

豪猪人走近他，俯身去拿手柄。就在这时，博士一拳打上去，正好击中他的鼻子。豪猪人踉跄着后退，博士扔掉手柄，从他手中一把抢过小银盒。博士撬开盒子顶盖，在里面戳来戳去，然后把它对准罗伯特的额头。

罗伯特惊慌失措地向后仰。但令他又惊又喜的是，他的身体没有失去控制，圆盘边缘的小爪子从肉里缩了回去。他感觉额头有些发痒，不一会儿，圆盘滚落到了他的腿上。

不过，他们没时间欢呼庆祝，因为豪猪人已经恢复意识，一瘸一拐地向他们走来。他背上的刺针根根竖立，蓄势待发。博士捣鼓着盒子，大喊道："快放到他的头上！"

罗伯特瞬间明白博士的意思。他抓起圆盘，迅速前伸，手掌狠狠地扇在豪猪人的脸上。圆盘边缘的小爪子摁进了怪物的表皮里。博士装好顶盖，按下一个按钮。

豪猪人立刻僵直不动了。

"干得好！"博士喊道，脸上露出了灿烂的笑容。但罗伯特却笑不出来。他低头一看，豪猪人的刺针扎穿了他的掌心。他的手疼得要命，但还是忍住了眼泪。

博士顺着他的目光看过去，同情地说："哎哟！"罗伯特觉得问题不大，但博士看起来挺严肃的。"这些刺针有倒钩，必须把它们弄出来。"他说，"要是刺中主动脉的话……"

罗伯特打了个寒战，"那我应该怎么做？"他试着让自己的声音保持平稳。

博士直视他的双眼，"你能忍受疼痛吗？"

罗伯特深吸一口气。他既然愿意为博士牺牲自己的生命，那就不能在对方面前表现得像个胆小鬼。

博士把一只手伸到上衣口袋里，掏出了一把手术刀和一个苹果。他把苹果递给罗伯特，"咬住这个。"

罗伯特咬住苹果，伸出了手。他的掌心火辣辣的，疼得他咬下了一大块果肉。他把苹果拿了出来，有气无力地说："我觉得这没什么帮助。"

"还有一根。"博士说。罗伯特觉得手掌又被戳了一下，只能放声大哭。

"好了！"博士说，"全部搞定了。"罗伯特低头一看，发现刺针从他手掌里消失了。博士正拿着它们，即便从远处看，上面的倒钩也很明显。带刺的部位已经向外扩张，看着就像棵微型圣诞树。难怪博士要拔除刺针。

博士把刺针丢到地上，从口袋里掏出手帕，开始为罗伯特进行包扎。"握紧了。"他说，"应该不会流太多血。"

罗伯特点了点头，尽可能握紧拳头。尽管疼痛无比，但他欣喜万分。他做到了！他真的帮上忙了！他帮助了博士，然后他们就能一起拯救罗丝，拯救那个世界上最曼妙的女孩……

他抬头看了一眼屏幕，以为画面还跟之前一样，因为博士几分钟前就没玩游戏了。但他惊愕地发现，事实并非如此。

"博士！"他惊恐地尖叫起来，"有只螳螂怪！"博士飞快地转过身。

屏幕上，一个硕大的绿色身影正在靠近。螳螂怪张开下颌，步步逼近。

16

罗丝对博士的做法不敢恭维。她一直忍受着他的操控,在游戏里走来走去,跳上跳下,跑进跑出。现在,她又静止不动了,就像音乐定格游戏[1]里的冠军玩家一样。她保持着单脚着地的姿势,可能很快就会失去平衡。也许,博士正看着傻乎乎的、提线木偶般的她哈哈大笑呢。

罗丝知道博士肯定不会那么做,但还是无法停止瞎想。等他们见面的时候,罗丝要给他一个……大大的拥抱。只因她还活着,只因博士还活着。

那时,她应该已经获救了;博士也应该救了很多人,甚至拯救了一两颗星球。她不会告诉博士自己有多无助,有多痛恨这场游戏;她也不会告诉博士自己有多担心成为他的傀儡——不管她能不能独自行动,都得听博士发号施令。

罗丝原以为自己是主动与博士偕行的,现在却发现博士是因

---

[1]. 在英国流行的一种儿童游戏。玩家需要伴随音乐跳舞,并在音乐停止时立即像雕像一样定住不动,无法保持姿势的人会被淘汰。

为需要一个同伴而找到了她,而她不知为何也同意了。如果一棵树在森林中倒下时无人听闻,那它还会发出声音吗?如果一位时间领主拯救了全世界却无人知晓,那他还是英雄吗?

罗丝现在就需要一个英雄。哦,天哪……

她傻乎乎地杵在房间中央,看见一只螳螂怪出现在通道里,随时可能过来……救命啊!螳螂怪已经看到她了!

罗丝在脑海里奋力呼救,拼命祈祷额前的圆盘能够逆向传输脑电波:博士,救命!救救我!

螳螂怪离得更近了,用复眼打量着入侵者。罗丝就算什么都没做,也威胁到了它领地的安全。螳螂怪的下颚猛地张开,就像园丁打开了一把修枝剪。一旦它合上下颚,她的脑袋就会像枯枝一样轻轻落地。

博士,救命啊!

就在这时,罗丝膝盖弯曲,纵身一跃,朝高高的天花板飞去。她抬起胳膊,伸手抓住了某个东西。尽管没法儿看清,但她知道自己的指甲正抠着坚硬的岩壁。在动画片里,歪心狼[1]原本在半空中快乐地奔跑着,直到向下看了一眼才掉下去。罗丝心想,如果不去思考自己正在做什么,我就不会摔下去。

接着,罗丝双腿腾空,脑袋朝下,发现螳螂怪再也够不着自

---

1. 华纳兄弟喜剧卡通系列《乐一通》中的角色。

己了。它在地上蹿来蹿去,可能还挺恼火的。直到此刻,罗丝终于感到一丝解脱——虽然还不安全,但不会即刻死掉。但她又转念一想,外星昆虫会不会像地球上的螳螂那样一蹦三尺高?

这时,螳螂怪借助后腿的力量蹦了几下——难道在准备跳高了?它位于罗丝的正下方,极有可能把她拽下来,咬掉她的脑袋……

突然,罗丝松开双手,整个人掉了下来,正好砸在螳螂怪的头顶上。

罗丝以为自己会受伤,但似乎没有伤到。螳螂怪好像也没受伤,只是被砸倒在地,可能正晕着呢。罗丝一跃而起,只留下大虫子躺在地上。她拐过转角,跨过深坑,穿过门扉,进入通道。那是只鸟?那是飞机?不,那是——罗丝侠![1]

看来,博士已经重新掌控大局,她安全得很。好吧,至少在这儿是安全的。

"马上就好。"博士慌乱的手指终于松开了手柄。他焦灼的眼神掩盖了对屏幕的呼喊,似乎在说:"罗丝,我很快就会把你救出来,没问题的。"

"她没事了。"罗伯特如释重负地说。

---

1. 此处参考了《超人》系列的经典台词。

"但还没有摆脱困境。"博士说,"罗伯特,盯紧屏幕,一旦看到什么东西就立刻告诉我。我指的是任何东西,一丝一毫都不准放过。"

"那你打算怎么做?"罗伯特盯着屏幕问道,余光瞥见博士撬开了手柄的顶部。

"我调一调手柄。"博士说,"这东西相当复杂,但功能还不够多,远远达不到我的需求。那些豪猪人倒是很受用,毕竟,他们的爪子无法对手柄精雕细琢……"他啧啧道,"不过,罗丝不会喜欢的。"

"你想让她完成更多操作?"

"没错。"

"我觉得她应该不想这么做。"

"我知道。"

突然,博士出乎意料地停了下来。罗伯特屏息凝神,不知道是豪猪人来了,还是手柄出了什么问题。他斗胆瞥了一眼,发现博士的脸黑得吓人。他急忙回头盯着屏幕,低声问:"怎么了?"

博士没有回答,把手里的东西使劲摔到地上。罗伯特努力不去看他,既害怕豪猪人听到房间里的响动,又担心博士弄坏什么重要的东西。最主要的是,他对博士感到害怕。

"他们好大的胆子!"博士用拳头捶打墙壁,大喊大叫,

"竟然想让我对她如此行事！罗丝又不是什么玩具！"

"她会理解的。"过了好一会儿，罗伯特才壮着胆子说道。他担心事态将变得愈发糟糕，但深知自己必须说点什么。"她知道你是迫不得已才这么做的。"

博士似乎没有听到罗伯特的话，他的声音平静下来，但冰冷可怕："没人愿意对别人做这种事，但豪猪人却逼我这样对待罗丝。就算我们冰释前嫌，但在脑海深处，这件事将永远挥之不去。"他又捶了一下墙壁，然后捡起手柄，"我能做的就是帮助罗丝变得更强大。"

"我很抱歉。"罗伯特小声地说。

"没事。"博士小声地回应道，"谢谢你。"

罗丝发现自己再次静止不动，只好尽可能保持冷静。我是被博士抛弃了，还是被另一只螳螂怪发现了？我的头怎么这么……疼……

她的体内有东西在动。在意识之中，她似乎可以看到身体的纤维沿着神经通路蠕动。如果现在拍张 X 光片，她的身体看起来准像神经系统图谱似的。她能感觉到体内的每一根神经。几秒钟之后——就像过了一辈子——疼痛感消失了。但有一种感觉仍然残存着，从发痒的喉咙一直到刺痛的脚趾，将她湮没其中。

就像之前一样，罗丝不受控制地移动起来。但她不再像一个生硬的提线木偶,而更像在台上跳舞的芭蕾舞者,动作行云流水。旁人如果看见罗丝,不会发现她的一举一动有任何不妥之处,反而会对她充满力量和速度的优雅动作侧目而视。她既是羚羊,又是猎豹,是上天创造的奇迹。罗丝几乎连气都没喘,便在眨眼间跨过了深坑,越过了障碍。如果她不被控制的话,现在早就喜极而泣了。

"哇!"罗伯特惊叹道,看着曼托迪恩的据点飞速掠过,就像游戏开了快进似的。

"我不得不承认,调整之后的效果相当不错。"博士已经平息了怒火,集中注意力处理手头事务,"人体白白浪费了很多潜能啊。行了,该工作了。我得密切关注罗丝的情况,"他目不转睛地看着屏幕,"所以全靠你了,罗伯特。"

罗伯特的内心顿时涌起一阵自豪之情。

"首先,你得给我俩松绑。"

罗伯特马上开始工作。没有监视自己的豪猪人,他便可以大展拳脚了。捆住他们的是塑料绳,挺硬的,但博士的手术刀帮了忙。很快,他们就重获自由了。

"现在,我需要你搜寻一下地图、平面图、图表之类的东西,看着差不多的都行。"

罗伯特在房间里搜索起来。经过僵硬的豪猪人时,他依然很紧张——如果豪猪人苏醒了该怎么办?他深吸一口气,看到外星怪物就像摆在鬼屋里的雕塑一样,脸上仍挂着震惊的表情。

罗伯特在背后的墙上发现了博士想要的东西,看着像一幅管道平面图,只不过复杂得多。面条似的管道扭曲交叠,里面有白色和蓝色的光点在闪烁。其中一个白色光点正沿着管道移动,速度明显快于其他光点;蓝色光点则静止不动。罗伯特一直盯着,发现一个停下来的白色光点变蓝了;须臾之间,另一个蓝色光点闪烁着消失了。

"好了!"博士环顾四周,又转头看向屏幕,"太棒了!到目前为止,平面图上显示我们通过多少关了?"

一只螳螂怪张开下颚靠近罗丝,让她感到不安。罗丝从这只可怜虫身上腾空跃起,心想,如果你想抓住我的话,那就跳得更高、跑得更快吧。

她上到一段石阶的顶部,优雅地停了下来,既没有气喘吁吁,也没有受伤或者感觉到疼痛。豪猪人明明拥有这样的高科技,却用它来发动战争。这恰好说明,聪明绝顶的人也可能头脑空空。

罗丝一只手伸进口袋,掏出失而复得的手机,另一只手按住按键。光标在通讯录上滚动着,最后停在一个名字上。罗丝按下"拨号"键,把手机举到了耳边。

听见铃声响了,米基一跃而起。他惊讶地看到来电的正是罗丝,便急忙接通:"喂?罗丝?"

罗丝的声音传来:"喂,我是博士。"

米基把手机从耳边拿开,看到屏幕上仍然显示着罗丝的名字。那个说话声音也是罗丝的。

"博士,听起来可不像你的声音啊。"米基说,"怎么了?"

"你可能会觉得奇怪,"那个声音说,"或者你只是想逗个趣儿。罗丝能听见你说话,但没法儿回答你;我能说话,但听不见你的声音。所以,闭上嘴听着就行。我需要你做一件事。这件事很重要,除了你也没别人可以帮忙了。"

"真是谢谢了。"米基嘟囔道。出于某种原因,他相信那是博士借用罗丝的声音在说话,但不愿细想背后的原理。

"现在,"博士继续说,"我希望你能好好玩一次《曼托迪恩之死》,就像从没玩过这款游戏一样……"

罗丝有些惊讶地听着自己说的话。她的嘴巴一张一合,舌头不停地动着,完全不受自己的控制,简直怪得离谱。

而且,她似乎还有了一口北方口音。

米基目瞪口呆。接到前女友的电话是一回事，前女友的现任男友用她的声音说话是另一回事；对方随口说这通电话是从另一颗星球打过来的，而她/他需要自己的帮助拯救世界，又完完全全是不同的事了。

他不知道是哪个世界，但很清楚博士提出的计划不仅难以实现，而且近乎疯狂。事实上，应该说比拯救世界更难搞定——因为博士想让他找台电视机玩游戏。现在都快十一点了，米基需要找到一个同意让他进屋玩游戏且不会问东问西的人。要是杰姬在家，他可能还有机会，但得先听完一通"扰人清梦"之类的训斥……也许，他可以偷偷潜入罗丝家。但万一被警察抓住了，他们是不会听他解释的。到时候谁来拯救世界呢？

他突然想起，青年俱乐部里有台电视机。俱乐部通常十点关门，但在不上学的时候，负责人鲍勃会让小伙子们在里面多玩一会儿。他可以去那儿试一试。

米基把游戏机全都放进伯顿太太的购物篮里，然后一瘸一拐地出门了。拖着购物篮下楼有些困难，但他最终还是来到了地面。米基朝青年俱乐部走去，抬头看了一眼罗丝的家，窗户没有透出光亮。俱乐部关着灯，但能听见里面的声音。他试着推了推门，发现上了锁。他开始敲门，声音既能被俱乐部的人听见，又不会吵到附近的邻居。

里面的响动戛然而止，但没人应门。

米基又敲了敲门，声音大了点，可依然没有反应。"来人！开门！"他掩着嘴喊道，"我是米基·史密斯。"

过了一会儿，随着钥匙在锁孔里转动的声音，门开了一条小缝。一双挑衅的眼睛打量着外面，米基认出那个人是杰森·琼斯。杰森一身烟味儿和酒气，鲍勃本不可能放他进俱乐部。

米基推门进屋，杰森在他身后关上门，闷闷不乐地跟着走进房间。"米基，你想干吗？"他说。米基在这里享有男孩们的尊重，因为他年纪比他们大，拥有一辆车，而且还跟住宅区最迷人的女孩约会过。

房间里还有两个人，米基一下子认出了他们。令他感到震惊的是，电视屏幕上正显示着《曼托迪恩之死》的游戏画面，而且已经通过了新手训练关。米基等他们转过头之后才对杰森说："鲍勃知道你在这儿吗？我想用一下这台电视机，还需要你的帮助。"他在大家反应过来之前继续说，"阿尼尔·拉瓦特，你妈妈知道你待在这儿，还学会抽烟喝酒了吗？"直到两个人都摇了摇头，米基才接着说，"行吧，如果你们想继续这么待着的话……"

毫无疑问，他们还想待在俱乐部里。米基搬来一把椅子坐在电视机前，杰森也坐了下来。米基伸出手，第三个小伙子——凯文——便把游戏手柄递了过来。

"今晚你们可走运了。"米基说,"因为我们得玩很久的游戏……"他掏出手机,拨通了罗丝的电话。

博士玩游戏的时候,罗伯特观察着管道平面图。当博士操控罗丝右转时,移动得最快的白色光点也会右转;当罗丝直行时,那个光点也会直行。

"一共有多少个白色光点?"博士问。

"六个。"罗伯特说,"其中四个靠近外围,另一个稍微近点,代表罗丝的那个光点最靠近中心。"

"所以,这些都是处于活跃状态的载体。"博士说,"靠近外围的四个刚刚进入游戏,估计是达伦·皮和其他几个人。"

"斯诺先生和恩科莫夫妇。"罗伯特说,"那另一个光点是谁?"

"早已进入游戏的载体。"博士说,"可能是你妈妈,也可能是任何人。"

"那蓝色光点呢?"罗伯特问道。

"你之前看到一个白色光点变蓝后,另一个蓝色光点就消失了?"

罗伯特点了点头,然后发现博士并没有看着自己。"是的。"他补充道。

"我猜,蓝色光点是处于非活跃状态的载体,正在等待玩家操控。"

"或者等螳螂怪找到他们,"罗伯特意识到光点消失必有所指,"然后——"

"游戏结束。"博士说,"恐怕就是这样。"

17

由于博士之前解释过,他与罗丝只有视觉共享,因此得看到手机才知道来电话了。等待罗丝接听的时候,米基正把俱乐部的三个人组织起来。他让杰森从厨房里找出一台便携式黑白电视机,又让阿尼尔启动青年俱乐部的古董电脑并连上网,凯文则在整理米基带来的那堆游戏机。

"问题是,"米基对阿尼尔说,"正在玩游戏的人不会查看留言板,但还是尽可能试试吧。目前应该没人从'外星杀手1984'那儿买到游戏机,因为他没时间把机子寄出去。但我们还是得警告大家这个人很危险。以防万一。"

"好的。"阿尼尔说。

凯文把游戏机连上了便携式电视机。"每一台游戏机都打开看看,可以忽略那些还没过新手关的。"米基告诉他,"但要记住,游戏通关之后不能重新开始。找到那些仍然处于活跃状态的载体。"

"行吧。"凯文说。

米基的余光瞥见凯文做了个手势,似乎在像其他人暗示米基是个疯子。不过,只要他们继续按要求做事,米基就能忍受这些难听的词语。毕竟,博士还经常把他骂得狗血喷头呢。

就在这时,电话终于接通了。"我是博士。"那个声音说,"听好了,如果你发现了处于活跃状态的载体,就按我接下来说的话做……"

罗伯特还在看平面图,眼睛在白色光点之间来回移动。突然,其中一个光点异常地闪烁起来,一会儿出现在这头,一会儿又跳到了那头。他对博士说:"找到一个了!"

"太好了!"博士悄声说。但罗伯特知道,博士并不是在跟自己说话,而是借罗丝之口打电话。"干得好,米基!我正操控罗丝去见你的载体。你要完完全全按照我的指令去做。如果你的手柄感觉到了阻力,就说明手动控制没有修改成功。对了,罗丝,你很快就会遇到另一个载体。你们的距离较远,我无法移除对方额前的圆盘。一旦它被激活,一个错误的操作就会让他的大脑变得稀碎。"听到这里,罗伯特不寒而栗。谢天谢地,他额前的圆盘从没被激活。

"罗丝,我需要你用音速起子解除曼托迪恩据点周围的力场。"博士继续说,"希望载体在离开的时候不会发生爆炸。"

"希望?"罗伯特担心地问。

"我确信不会发生爆炸。"博士安慰道,然后对电话那头说,"米基,你随后按照我的指令去做,找到其他所有载体。"他转向罗伯特,"那儿有多少人?"

罗伯特的眼睛飞快地扫视着,"六个白色光点。"

"有六个活跃的载体。"博士说,"其中一个是罗丝。"

"八个蓝色光点。"罗伯特说着,其中一个突然消失了,"只剩七个了。"他说,"有人刚刚死了。"

博士捏了捏罗伯特的肩膀,"还有七个不活跃的载体零散地困在那儿。"他对米基说,"米基,那些都是陷入困境的活人。你必须找到他们,十几条生命都掌握在你的手中。"

"别有压力。"米基嘀咕道。他盯着屏幕里的通道,很难相信真的有一个人待在里面。更令人难以置信的是,那个人的生死就在他的股掌之间。

"找到了!"凯文喊道,继续一台台检查着游戏机。

"太好了!"米基说,"像我给你演示的那样重新激活那个载体,然后等待指令。"

"那么……我们会赢得奖品吗?"杰森问,"通关之后?"

"会。"米基说,"我们会赢得奖品的。"

事情开始变得复杂起来,甚至比之前更麻烦了。显然,博士可以同时处理一堆事情,但米基有点跟不上他的节奏了。米基一边操控着自己的载体，一边把指令同步传达给凯文。然而，这么做并没有奏效。米基的载体一直在原地打转。最后，他把手柄交给杰森，集中精力传达每一个游戏指令。

阿尼尔在网上搜个没完，找出一堆乱七八糟的信息让米基进一步分心。"我发现有个家伙正在玩这款游戏！"阿尼尔突然大叫起来，完全扰乱了米基的头绪，而他又无法要求博士重复一遍刚才的话。不过，博士显然也在关注他们的行动，指出了米基出错的地方。

"对了！"米基对阿尼尔喊道，"告诉他，你有可以通关的作弊代码，让他严格遵守你的一系列指令去操作。找个法子说服他，我不在乎你说些什么。"

电脑那边传来一阵噼里啪啦的打字声。"我们正在即时通信。"阿尼尔停顿了一会儿，然后说："那个家伙说他的游戏机是从'外星杀手1984'那儿买的。嗯……大概是吧。"

"可他没时间寄出去啊！"米基说。

"那个家伙是在酒吧买到的。"阿尼尔说，"从达伦·皮那里。"

凯文和杰森同时抬起头来。"你可没说达伦·皮也掺了一脚！"杰森对米基说，努力表现得不那么害怕。

"我能对付达伦·皮。"米基充满信心地说，因为他刚刚得知达伦此刻正在另一颗星球上，"没错，他就是那个'外星杀手

1984'。"

"那个家伙花了十块钱从达伦手里买了一台游戏机。"阿尼尔继续说,"后来,达伦提出要花二十块钱再把游戏机买回去,但被拒绝了。达伦说这款游戏真的可以杀死外星人,而他准备在网上发一笔横财。那个家伙觉得达伦是个疯子。"

"不管怎样,继续跟他保持通信,让他必须按照你说的做。"米基说,"你得说服他听从指令,行吗?"

"行吧。"阿尼尔满腹狐疑地说,"可他连达伦·皮都臭骂了一顿……"

"总得试试吧!"米基说。

"嘿!"杰森喊道,"我看到有人过来了!"

米基转头看向屏幕。远处的身影逐渐清晰,一个娇小的漂亮金发女孩走了过来,手里还举着手机。那人正是罗丝。

"她!"杰森说,"她是罗丝·泰勒!"他停下来看了一眼米基。

"她被外星人绑架了,被迫听命于他们。"米基解释道。

"哦,好吧。"杰森说,"现在我该怎么做?"

米基集中注意力,一边听着手机里的声音,一边传达博士的指令。

"那个家伙不听我的。他已经玩了一整天,马上就要通关了。"阿尼尔说,"他说他要成为第一个通关的玩家并赢得奖品。要是真的杀死了外星人，那就棒极了。"

米基长叹一声，心想，这一切变得太复杂了。

罗丝在通道里蹑手蹑脚地前行着。博士的话从她嘴里冒了出来，她则努力倾听自己说了什么。与此同时，米基在罗丝耳边喋喋不休地讲着，刚刚还告诉别人她被外星人绑架了，被迫听命于他们。

罗丝心想，像米基这样直接告诉别人真相，绝不会有人相信的。他们只会觉得你在冷嘲热讽。撒个谎反而容易多了。

从博士和米基的对话来看，罗丝好像跟另一个载体越走越近了。她回想起下午——天哪，真的只是一个下午吗——跟米基待在豪猪人的地下基地，坐在屏幕前玩游戏的种种情形。她突然意识到，自己即将出现在某个地方的某块屏幕上，身影将变得越来越清晰。

罗丝在博士的操控下转过头，现在可以看到他了。

不，是她。

另一个载体是一位黑美人，三十来岁，穿着大红色的衣裤套装。她双眼圆睁，充满恐惧。罗丝希望自己能说些安慰对方的话，让她知道一切都会好起来，她们很快就能离开这里。但她的嘴里仍在向电话另一头说着"左转""右转""直行"之类的话。

随着那个女人越走越近，罗丝听到自己说道："那是恩科莫太太。"

"哎哟！"米基的声音在她耳边响起。与此同时，恩科莫太太惊恐地东张西望，径直撞上了罗丝。

两个载体小心翼翼地面对面站立，凝视着对方。罗丝伸手摸出音速起子，举到了身前。"别担心，恩科莫太太。"她发现博士说了自己想说的话，"我们很快就会把你救出去。罗丝得先断开连接，然后再带你出去。最多再过半个小时，一切都会结束了。哦，又有人来了。"

罗丝转过身，看到一个中年男人从她身后的一道陡坡上走了下来，正是约翰逊先生。他已经在游戏里待了几个小时，真走运，螳螂怪一定忽略了他。

"来吧，罗丝。"博士借罗丝之口说，"我们继续干活吧。"

罗丝转身面向恩科莫太太，启动了音速起子。

罗伯特盯着平面图，看到两个白色光点正朝外走去。除了罗丝以外，还剩四个白色光点和六个蓝色光点。不，是五个——又有一个载体被螳螂怪发现了。罗伯特试着不去想那个画面……

罗伯特忙着向博士报告路线，而博士则一直盯着罗丝的行动，同时把指令传达给电话另一头那个叫米基的人。博士说，米基曾和罗丝约会过，所以罗伯特讨厌他。

"成功了！"罗伯特说，"他俩都出来了！"恩科莫太太和约翰逊先生终于安全了，好吧，差不多安全了。谢天谢地！现在总共还剩五个白色光点和五个蓝色光点。

忽然，一阵嗡嗡声从某种通信装置里传了出来，吓得罗伯特蹦了起来。他一直忙碌着，专注于剩下的十个光点，几乎忘了他们正身处怪物总部的一个可怕的房间里。

"我是弗里内尔。"那个声音说，"格迪克斯，载体为什么不再靠近曼托迪恩据点的中心了？立即向我报告。"

罗伯特看着博士，不抱希望地期待他想出一个计划。他之所以待在这里，是因为豪猪人让他胁迫博士听话。罗伯特知道，豪猪人的威胁不是虚张声势。如果他们进来发现发生了什么，那他就完蛋了。

但博士似乎和罗伯特一样吃惊。他一跃而起，把手柄交给罗伯特，让后者继续盯着屏幕，然后匆匆走到了门边。博士没管上面的外星门锁，反而把柜子、长凳以及任何能找到的东西都推到门边。

"格迪克斯？"弗里内尔再次试探地说，"格迪克斯，立即回答我！"

博士刚把东西堆好，大门另一侧便传来开门的声音。

弗里内尔再次发话："赫里安说他无法进入房间。如果在三十秒内没有听到格迪克斯的声音,我们便认为他已被制伏。届时,我们将部署猛烈火力,杀死所有人类。三十。"

博士和罗伯特交换了一下眼色。"我又不是人类!"博士抱怨道,"我早告诉过他们了!"

"二十八。"弗里内尔说。

18

米基依旧神色慌张。几分钟前,他手忙脚乱地安排杰森和凯文引导载体离开了曼托迪恩的据点。从那时起,一切似乎都很轻松:博士不再通过罗丝传达指令,但其他行动也停了下来。阿尼尔不再说服正在上网的那个家伙,因为对方已经不再回复他的消息了。

米基迫不及待地想检查剩下的几台游戏机,因为他明白,稍有延迟可能就意味着生离死别。等凯文的载体走出据点后,米基立刻拔掉连接线,换了一台游戏机插上。游戏没有存档。于是,他又试了另一台。同样没有存档。

博士的计划就这么暂停了,停在了最后阶段,可那些人的命运仍然掌握在米基手中。这很不公平。如果他真的想拯救生命,他会选择当一名医生或者士兵。没人问过他想不想做这些事。罗丝主动选择卷入其中,但米基是被迫加入的,而所有人似乎都期待他把事情做好。当然,博士可能希望他一败涂地。不过,没人把选择权交给他,也没人问过他:"米基,你愿不愿意拯救世界?"米基的回答是"不愿意"。但他早已牵连其中,没法儿独善其身了。真是一点也不公平。

"就这样了?"凯文问,"我们现在可以回家了吗?"

米基摇了摇头,"不,还有重要的活儿等着我们去干呢。"但他一动脑子就心烦意乱,根本不知道要做什么。

"二十四。"

"我们该怎么办?"罗伯特大喊道,"那个东西——"他指着叫作格迪克斯的豪猪人说,"还没苏醒,没法儿回复对方!"

博士看了看格迪克斯,又看了看罗伯特。"小银盒!"他突然喊道。

罗伯特拿起小银盒,把它递给博士。

博士以最快的速度鼓捣起来,同时用极快的语速说:"它和手柄的结构大致相同。如果我能搞定手柄,那就能搞定它。真希望音速起子在我这里……好啦!"

"十五。"

博士对着豪猪人挥了挥手中的小银盒,豪猪人的身体微微颤抖了几下。

"豪猪人的神经重新连接了,就像罗丝那样。"博士说,"这种感觉应该挺不舒服的,可怜的罗丝。加把劲儿,再加把劲儿……"

"八。"

博士不停地戳着小银盒的按钮。像是过了几辈子那么久之后,豪猪人终于有了反应。

"五。"

格迪克斯动作优雅地跃向通信装置,敏捷的姿势与他的身形完全不符。

"四。"

博士继续操控小银盒。豪猪人伸出爪子,按下了按钮。

"三。"

博士进行了一通错综复杂的操作,可什么也没发生。

"二。"

"啊!忘了这一步!"博士赶紧转动某个旋钮。

"一。"

"弗里内尔,我是格迪克斯。"

通信装置那头传来一声冷笑,"格迪克斯!为何你之前毫无回应?为何赫里安无法进入房间?"

"游戏导致的电涌暂时中断了通信装置和门锁,手柄也无法控制载体。现在供电已经恢复,所有功能都已正常。"

罗伯特屏息静待,心想,他的话能奏效吗?

接着,弗里内尔回应道:"很好。我们急切希望载体继续行动。你们按计划行事。"

罗伯特笑了笑，向博士竖起了大拇指。博士把小银盒扔在地上，重重地叹了口气。"想让我跟他们沆瀣一气！"他生气地抱怨着，捶打椅子的扶手，一脚踢开了小银盒，"太过分了！豪猪人让人们像提线木偶般跑来跑去，让我夺走挚友的每一丝尊严……现在我可以明确地告诉你，罗丝不喜欢被人操控！但我别无选择。只有这么做，大家才能平安离开。"

罗伯特以为他又要砸什么东西，心想豪猪人还盯着他们呢。但博士突然哼了一声，几乎笑了起来。这令罗伯特感到惊讶。"听听我说了什么蠢话。"博士说，"如果我想自我感觉良好，每晚沐浴着道德的光辉入眠，那我可就入错行了。来吧，我们还有正事要做！其他载体都在哪儿？"

罗伯特回头看了一眼平面图，惊恐地发现上面只剩四个蓝色光点了。螳螂怪又夺走了一个载体的生命。

令米基感到惊讶的是，阿尼尔又找到了另外两个正在玩游戏的玩家，而且他想出了很有说服力的理由。有个女孩在网上浏览到他的信息，便给男朋友打电话，结果发现对方在过去一小时里一直在玩《曼托迪恩之死》；另一个人则是上网查邮件的时候收到了朋友转来的信息。米基将自己和杰森的手机分别贴在耳朵两侧，一边接收着博士的指令，一边通过阿尼尔传达给其他玩家。

随后，米基说服（胁迫）杰森和凯文跟他离开俱乐部，带上自己的游戏机和之前已经激活的那台,准备干点儿不那么理智的事。

走出青年俱乐部时,米基抬头看了一眼罗丝的家。他不知道自己在期待什么,但目光无法抗拒地被窗户吸引住了。窗户依然没有透出光亮。据他所知,杰姬还在医院里,而罗丝在……别的星球上。即使知道他们身在别处,米基依然忍不住期待他们能随时出现。毕竟,博士拥有一台时光机。可是,他在附近没有见到蓝盒子。不管是未来的罗丝和博士,还是过去的罗丝和博士,他们根本不在这里。

现在,成败取决于米基自己。

米基敲了敲面前的门,杰森和凯文则拖着脚步跟在后面——他花了一些时间才说服他俩。尽管知道没什么危险,但米基的心里还是有些紧张。

过了半分钟,他又使劲敲了敲。"小点声!"楼上传来一个声音,"大家还要睡觉呢!"

米基正准备再敲一次,随后听到有人正缓缓走来开门。

门开了,一张布满皱纹的脸透过缝隙看着外面。

"你好,皮太太。"米基说,"我们能进屋吗?"

米基说服皮太太让他们进屋的说辞给凯文和杰森留下了深刻的印象。他俩原本担心达伦会突然回家,但后来渐渐打消了这个顾虑。米基在达伦家里找到了六七台电视机，还让皮太太找出了能够把机器全部插上电源的插座。然后，他又找到了达伦藏匿的所有游戏机，足足有几十台——达伦一定在整个社区搜罗了一通。他们依次检查了每一台游戏机，找到了四个存档的游戏。

"只剩下六个人了。"博士说，"四个困在存档游戏里的不活跃载体，还有两个活跃的载体。"

米基终于吁了口气，因为他们已经找到了所有载体。他也知道最后一个玩家是那个不想就此打住的家伙，但无法告诉博士。说来也巧，达伦·皮帮了个大忙。正是因为他的威逼利诱，游戏机才全部收了回来。

不管怎么说，四个载体已经走在离开曼托迪恩据点的路上了。这也意味着，米基不久之后就能回家睡觉了。

罗丝一直在捣鼓音速起子。她不知道它是怎么运转的，甚至不知道它是否启动了。不过，她没有听到爆炸声传来，所以猜测进展一切顺利。

她遇到了另一个中年男人，正是斯诺先生。他目光呆滞，但并非出于害怕，而是拒绝相信真的发生了这种事。接着，她在其他人身上也施展了博士的"魔法"：恩科莫先生、安妮、蒂姆·布里利，还有一个日本女孩。她一定在这里待了很久，因为博士说他的朋友罗伯特没见过这人。

博士告诉她，又有一个载体正朝她走来。罗丝信心倍增，满怀希望。只要把救人的活儿干完，博士就可以来救她了。

算上罗丝，现在只有四个光点，其他载体都已经离开了据点。罗伯特担心豪猪人发现载体逃跑了，但博士认为他们只会误以为载体都被炸死了。

现在，最后一个蓝色光点变成了白色。罗伯特忍不住隔一会儿就转头去看屏幕。随着白色光点逐渐靠近，屏幕上出现了一道模糊的身影。那个载体已经非常接近罗丝，马上就快到了。

罗伯特看到来者是瑞秋·戈德堡，勉强露出笑容说："戈德堡先生会很开心的。她是个好人。"

他制订好路线，让博士传话给地球上的米基，把瑞秋带出了据点。罗伯特密切注视着剩下两个一动不动的光点。博士让罗丝挂断与米基的通话，说如有需要会打过去的。

"罗丝！"博士借罗丝之口大声说，"还有两个人在玩游戏，我希望米基尽快找到他们，但时间已经不多了。如果可以的话，我打算派你去拦截载体。也许，你可以把他们扛走。不管怎样，我们必须带走所有人。我有个计划。"

罗伯特的心中欢腾雀跃。博士果然有个计划！

"每个人都得离开这里，我们——"

"格迪克斯！载体没有遵循正确的路径前行！你的电源又出

问题了吗？"

当豪猪人的声音从通信装置里响起时，罗伯特一跃而起。"快点！"他向博士喊道，"你得赶紧让格迪克斯回话！"

博士在地上四处摸索，想找到小银盒。"我应该把它扔在这儿了……"

"你后来又把它踢走了。"罗伯特提醒他。

"一定就在附近某个地方……"

"格迪克斯，快回答我！如果你在三十秒内不回复的话……"

"得，又来了。"博士说，"啊！小银盒一定是滚到那边的工作台下面了！"

罗伯特抓起手柄观察着屏幕，博士则手脚并用地爬来爬去。

"二十五。"

"不！那该死的玩意儿到底在哪儿？啊哈！"

突然，一只螳螂怪出现在了屏幕上。罗伯特本能地按下按钮向它开火，想象罗丝举起了枪，手指扣动扳机。然而，螳螂怪被打中时连动都没动一下，更没有倒地。罗伯特记得自己之前玩游戏时也是这样，枪支对它们几乎毫无用处。他猛戳按钮，希望被博士改造过的手柄能帮他解决问题。"博士，她快要被螳螂怪攻击了！"他喊道。

就在博士握着小银盒直起身子的时候，罗伯特让罗丝对着大虫子来了一记令人印象相当深刻的空手道回旋踢。

"二十。"

罗伯特赶紧把手柄还给博士,"你必须把她救出来!"

"看来你自己做得很好嘛。"博士说。那一脚奏效了,屏幕上的螳螂怪晃动着身体。"我想,是时候让罗丝逃跑了,不过……"

博士操控她穿过一道狭窄的缝隙,然后让她以最快的速度奔跑起来。"好吧,你再帮我操作一下。"他将手柄递给罗伯特。

"十。"

博士将小银盒对准豪猪人。什么也没发生。他摇了摇盒子,里面传出咔嗒声。"有零件松了!"他说。

"你能修好它吗?"罗伯特问道。他被自己的救人举动冲昏了头脑——这能算是救人吗?算!——他拯救了那个完美女孩的生命,甚至还掌控着她的命运……

"能。"博士把顶盖撬开说,"只是时间问题……"

"五。"

博士伸手戳了戳,修复了零件,然后关上顶盖,按下一个按钮。

"一。"

格迪克斯硬生生地向前迈出一步。

房间的大门瞬间爆炸。

19

发现自己又要面对一只螳螂怪,罗丝感到一丝惊恐;发现自己在对它开枪射击,罗丝感到一丝惊讶;发现自己冲着大虫子来了一记回旋踢,罗丝又感到一丝惊奇,但很是乐意。罗丝——巨型昆虫屠戮者——登场了!

她已经从螳螂怪身边走开了,随后又发现自己停了下来,站在原地。然后,她张开了嘴巴。"罗丝,是我。"博士借她之口说,"最后这一步好像搞砸了。我没法儿说太多,不能让豪猪人发现我在做什么。我也不能再让你加速前进了,否则他们会注意到的。你也不能离开据点,暂时还不行。如果不继续通关的话,他们会杀了所有人。但我会解决这一切的。回见。"博士顿了顿,似乎觉得应该像信件一样补上结尾,"爱你的博士。"

就是这样了。

罗丝有些委屈。她是博士最好的朋友,可博士却优先选择拯救其他所有人的生命。不过,要是不这么做,他就不是博士了。如果有人问起来,她也会说:"不,先救他们。"但问题是没人问过她。罗丝心想，这会儿稍微有点不爽也是合理的，毕竟，她可能会迈向死亡。

大门已经炸开了，三个手持能量枪的豪猪人穿过冒着烟的残骸，其中两个瞄准博士和罗伯特，第三个则通过装置向弗里内尔报告。几分钟后，弗里内尔也走进了房间。

看到格迪克斯举着爪子僵硬地躺在地上，豪猪人都有点儿慌。弗里内尔叫来他们的科学家，把格迪克斯额前的圆盘取了下来。在这一过程中，博士一直在生气地小声嘟囔，说豪猪人显然没有设计出可逆的圆盘。罗伯特比以往任何时候都开心，因为他的圆盘从没被激活，但他很担心罗丝。当然，还有其他人。博士声称，一旦他拿回音速起子，移除这个玩意儿简直是小菜一碟。

但前提是，罗丝能够活着离开据点。

"你的计划是什么？"罗伯特低声问道。博士说他的计划尚处于正轨且仍然有效。他的核心计划十分宏大，相当重要，将拯救地球于水火。只不过，在救出罗丝这个环节出了点岔子……

弗里内尔认为只留一名警卫监视博士是个错误，他要对此进行补救。于是，罗伯特和博士被带到了另一间房里。房间非常大，看起来像是一个重要场所。许许多多的豪猪人忙前忙后，检查着屏幕、表盘和读数。房间里还有一排小亭子，看起来有点像淋浴间，每个亭子上方都装有一盏光线柔和的黄灯。

一个小豪猪人搬来博士的游戏机,把它连接到其中一块大屏幕上,然后把手柄交给了博士。

另一扇门打开了,莎拉和她妈妈、胆小鬼乔治以及其他所有人都被带了进来。罗伯特想把瑞秋没事的消息告诉仍在哭泣的丹尼尔·戈德堡,但他知道自己不能这么做。他试着吸引对方的注意,但没有成功。随后,罗伯特被一个豪猪人扔进了人群中。"你会没事的。"博士在他被带走时小声说。

弗里内尔走过来跟博士说话,声音大到足以让所有人听见:"你没有按照我的指令进行游戏。你不仅蓄意破坏设备,还攻击了一个豪猪人。我警告过你,如果不听从指令,这个人类就会死。"他说着指向罗伯特。

罗伯特心不在焉地听着,一直在担心博士的计划能否成功,罗丝和其他载体能否从据点里逃出来。他只顾全局,几乎忘记自己的生命仍受到威胁。而现在,死亡突然降临了。没有可歌可泣的英雄式舍己为人,没有无怨无悔地帮人挡子弹,只有突如其来、出乎意料、毫无意义的死亡。

"杀了他。"弗里内尔说。

皮太太似乎已经相信米基的说辞,把他们当成警察了。米基看了看同行的两个瘦小青年,心想,虽说警察看着显年轻,但他俩差得也太远了。皮太太起身开门时没来得及戴上假牙,现在正坐在厨房的桌边不知所云地抱怨着。米基、凯文和杰森在一台台电视机前引导着游戏里的载体。最后,米基叹了口气,放下最后一个手柄。"搞定了。"他说,"现在我们就等博士打电话了。杰森,问问阿尼尔他那边的情况如何。"

不走运的是,阿尼尔既没有追踪到剩下的游戏机,也没有成功说服玩家放弃游戏。

"我们要怎么做?"凯文问,"是不是应该挨家挨户地敲门,看看能不能找到最后那台游戏机?"

米基摇了摇头,看起来不太情愿。他想,不应该由我来做生死抉择。"我们就留在这里。"他说,"找到那台游戏机如同大海捞针。除了鲍威尔住宅区,游戏机还遍布附近各个地方。"他盯着电视机,所有荧光屏上都显示着同样的图像,"博士随时可能会打过来,因此,我们必须做好准备,否则将前功尽弃。"

于是,米基只是坐在房间里盯着手机,希望它响起来,希望自己的决定是正确的。

弗里内尔下令后,罗伯特注意到豪猪人没有开枪,而是竖起了背上的鬃毛。他回想起刺针扎进手掌的感觉,想象疼痛蔓延到了全身。面对死亡还得遭受痛苦,这真不公平……

不过,豪猪人没有飞出刺针,而是拿出一只小银盒对准罗伯特。什么也没有发生。罗伯特和豪猪人都很疑惑,同时转头看向弗里内尔。

"他还没有被激活,你这个白痴!"弗里内尔喝令道,"换人!"

罗伯特仿佛在做慢动作一般缓缓转身,听到一个男人发出了尖叫,接着,尖叫声变成了一种窒息的咯咯声,好像那个人被勒死了。罗伯特终于顺着小银盒的方向看过去,目睹了一切。乔治躺在地上,双手紧紧抱头。罗伯特眼睁睁地看着他停止呼吸,不再抱头,某种液体从他的耳朵里流了出来。罗伯特急忙转移了视线。

弗里内尔对博士说:"警告你,从现在起,任何微小的偏差都将导致一个人类的死亡。现在,继续玩游戏吧。"

博士一脸阴沉。罗伯特猜测他应该非常生气、非常难过,但努力没有表现出来。博士拿起手柄,让罗丝在迷宫里移动起来。

坐在显示器前的一个豪猪人突然喊道:"两个载体即将碰面!"

罗伯特看向屏幕,远处的确有一个人影。

"不怪我啊,"博士说,"我不是故意的。我可没法儿判断其他载体往哪儿走。"

看到弗里内尔晃晃悠悠地走到博士身边,罗伯特屏住了呼吸。

米基、凯文和杰森花了点时间互相讲述达伦·皮干的坏事,将他的一言一行、所作所为,以及从别人那里听说的种种言行都拼凑起来。要不是知道很大一部分流言蜚语都是真的,米基准会觉得这些事荒谬极了。然后,他们默默地等待着,静候事态的发展。

突然,一阵尖锐的铃声打破了宁静。米基惊得一跃而起。来了!但不是他的手机,而是杰森的。

"是阿尼尔的电话。"杰森说,"他又联系上了那个不愿意停止玩游戏的家伙。那个人觉得自己发现了新的作弊代码,因为他在屏幕上看到了一个女孩。他听上去还挺沾沾自喜的。"

"那是罗丝!"米基喊道,"快告诉那个家伙该怎么做!你就说,如果他听从我们的指令,就能更快通关!"

"你听到了吗?"杰森对电话那头说,然后顿了顿,"那个家伙不相信我们,觉得阿尼尔想先通关,所以提供了一条假路线。他要继续玩下去,还说……如果那个女孩是他的对手,他就会把她撂倒……"

罗丝觉得自己的运动鞋里好像放了十吨重的砝码。博士重新以极为缓慢的速度移动着她,每一步都走得很笨重。

她转过头,看到前面有一个人影。棒极了!看来博士已经解决了问题。接着,她停下脚步,并没有像以前那样赶忙迎上去。

那个人还在朝罗丝走来。她心头一紧,突然意识到了对方的身份。

那是达伦·皮。

罗丝知道达伦也在这颗星球上,但不知道他被派往据点了。她想知道,如果博士清楚这件事,还会着急地拯救每一个人吗?她叹了口气。博士会救每一个人的,因为他是博士。

达伦向她扑了过来,像只穿着铁鞋的猿猴。她本能地想躲开他,但无法移动。等达伦走近后,罗丝惊讶地发现他绷着脸——不是一脸怒容,而是皮肤真的被绷紧了。他时不时地将手脚往后缩,以反抗玩家透过大脑强行施加的指令。罗丝心想,他非常强壮,万一不受控制的话……

罗丝知道自己被达伦发现了,因为他的表情突然发生了变化。他眯缝着眼睛,满怀对罗丝的强烈憎恶。要是她还能动的话,准会踉跄着后退了。

你别冲动,罗丝心想,博士现在最好赶紧做点什么。达伦越走越近,罗丝的出现似乎对他产生了刺激,让他得以重新控制自己的身体……

"双方载体不得靠近!"弗里内尔喊道,"游戏旨在让每个载体遵循单独的路线!万一人类玩家看到了其他载体……"

一个神色慌乱的豪猪人匆匆走来，检查起了博士的手柄。

"他对手柄做了改动，载体已无法相互排斥，弗里内尔！"

罗伯特屏住呼吸。他们会发现博士做的其他改动吗？

"那就把它改回来！"弗里内尔喝令道。

"我……我不确定能不能做到。"豪猪人紧张地说。

罗丝忍不住盯着达伦·皮，能看清他脸上的每一颗青春痘，每一根暴起的青筋，每一股从鼻孔里窜出来的鼻涕。

然后，她接收到动作指令，眼睛尽可能向下看。与此同时，达伦举起了枪。这是他自己奋力做出的举动，还是玩家发出的指令？罗丝在脑海里咆哮道：我对你做了什么？！

达伦·皮笑了起来。他慢慢张开嘴，使劲挤出一句话："咩咩……"

拜拜了，罗丝心想。随后，她为接下来的战斗做好了准备。

"改好了！"豪猪人喊道。他关上手柄的顶盖，然后匆匆离开了，尽可能离弗里内尔远一点儿。

"不要！"博士喊道。

一股冲击波袭来，罗丝仿佛被子弹击中一般向后倒去。疼痛在她体内爆发，直到慢慢变得毫无知觉。

这就是她所感知的一切。

罗伯特看着屏幕,哭喊了出来。

与此同时,达伦——那个丑八怪——消失在了视线之外。

博士对弗里内尔大喊大叫,似乎并不在意自己被长满刺针、手持武器的豪猪人包围了。"你是不是傻啊?难道你不想让她通关吗?要是她死了——"

弗里内尔不以为然地说:"神经传递仍在进行,载体并未死亡。"他示意博士看向屏幕,上面显示着岩石天花板。

博士咬牙切齿地说:"她不是载体。她是一个人类,名叫罗丝·泰勒!"

弗里内尔满不在乎地挥了挥手。

"就算她幸运地活了下来,但也可能受伤了。当载体像磁铁一样重新相互排斥后,你觉得会发生什么?"

"继续玩你的游戏,"弗里内尔说,"否则我再杀个人。"

"哦?这就是你的回答?"博士啐了一口,但还是拿起了手柄。

突然,另一个豪猪人叫道:"弗里内尔!螳螂怪正在靠近!"

罗伯特转过头,看到那个豪猪人面前有幅跟之前房间里一模一样的平面图,上面有一小簇红色光点正在接近一个孤零零的白

195

色光点。

"快避开螳螂怪!"弗里内尔对博士喝令道。

但另一个豪猪人打断了他的话:"不需要,弗里内尔。它们正在接近另一个载体,就是被地球玩家控制的那个。"

弗里内尔挥了挥手,"那就无所谓了。"

"无所谓?"博士说,"他可是活生生的人啊!至少让我试着帮帮他!"

"他不重要。"弗里内尔说,"继续玩你的游戏。"

罗伯特还在看平面图。现在,红色光点已经完全包围了白色光点。

"太迟了。"豪猪人说。白色光点闪烁着消失了。

杰森收到了阿尼尔发来的信息,"那个家伙的游戏结束了,还把失败怪到阿尼尔的头上。真不知道他怎么能这么想。"

米基的心情非常沉重。有一个人刚刚死去了。要是我把真实情况告诉对方,他心想,我本可以阻止这一切。

去他的英雄主义!

但从好的方面来看,他至少拿回了自己的电视机。

罗丝没有死。

她醒过来,大概花了六秒钟才想起自己身在何处,以及刚才经历了什么，内心满是怒火。

有什么东西滚到了她的脚边，但她无法看清。然后，她不受控制地站了起来。当她开始行动时，终于看清了那个东西。正是达伦·皮的脑袋。

20

罗丝渐渐远离达伦·皮的尸体,远离依稀可辨的螳螂怪——它们正在啃噬地上的某个东西。

她跨过深坑,跑上台阶,穿过许多条通道,经过无数设有陷阱和密码锁的大门。她真是受够了。

就在她快要放弃希望,觉得自己再也不会听到人类的声音时,她开口说话了:

"罗丝,是我。你快要通关了,所以我必须冒这个险。"她的手不受控制地从口袋里掏出手机,然后开始拨号。"我得再跟米基打个电话。听着,我会把你从那里救出来的。一旦你接近终点,豪猪人就会启动干扰装置。我不知道到时候会发生什么,但你会没事的。相信我。"她把手机举到了耳边。

"你刚才说'没事'和'相信我'是什么意思?"米基的声音传了出来,"罗丝,一切都还好吗?天哪,希望你没事。"

但罗丝无法回答,博士也听不到他的话。

"米基?"博士借罗丝之口说,"希望你准备好了,我们随时可能开始行动。"

豪猪人的主控室里弥漫着难以抑制的兴奋之情。

罗丝正在接近终点。与此同时,弗里内尔命令豪猪人进入着黄灯的"淋浴间"。显然,这是传送间。大部分豪猪人都挤了进去,只留下一两个在房间的角落里守卫着。

弗里内尔站在离自己最近的传送间旁。那个叫赫里安的豪猪人已经准备就绪,负责激活干扰装置。一旦将它打开,豪猪人将被传送到曼托迪恩据点的中心。

"我将亲自带头冲锋陷阵。"弗里内尔宣布道,"时间再合适不过了。"他在空中挥舞着拳头,"最后的胜利即将到来!"

最后一道密码锁颇为棘手。罗丝站在峭壁之巅,灵活地躲开喷出的酸液和掠过头顶的刀片,终于解开了密码。或者说,是博士完成了这一切。

门开了,一百只螳螂怪同时转身看向罗丝。"米基,就是现在!"她发现自己大喊起来。

"赫里安,就是现在!"弗里内尔大喊道。

赫里安伸出爪子,按下按钮,激活了干扰装置。博士面前的屏幕一片空白。过了一秒,爪子便放到了启动传送器的按钮上。

罗伯特感觉他的头发全都竖了起来。空气里充满静电,还弥漫着一股柠檬洗衣液的气味儿。接着,传送间里的豪猪人都消失了。

主控室的大门猛地打开,恩科莫夫妇、斯诺先生、瑞秋·戈德堡、约翰逊先生、安妮、蒂姆·布里利和那个日本女孩被推着走了进来。每个人的胸口都绑着一个干扰装置。

突然,传送间的黄灯熄灭了。

房间里的每一块屏幕和每一个表盘都瞬间停止运转。

霎时,万籁俱寂。

"我猜,你们的同伴刚刚全都被原子化了。"博士对剩下的两个豪猪人说,"现在,你们也许该投降了。"

地球上,一名游戏玩家摇晃手柄,捶打着游戏机,把电视机开了又关,关了又开。但机器似乎没有任何反应。他看了看手表,发现已经是半夜了。我到底玩了多久游戏?他这才意识到自己现在又累又饿,眼睛也不舒服。于是,他吃了块三明治便上床睡觉了。明天早上可以再试一次,说不定到时候故障就解决了。

而在一百英里外,一个花五百块购买中奖卡片的人躺在床上,辗转反侧。他想知道自己是不是犯了一个可怕的错误;想知道自己是不是被人骗了,卡片有没有送到对方手上;想知道自己是不是真的那么恨她……

罗伯特一脸茫然,不敢相信博士真的成功了。

"我得拖延足够长的时间,好让他们成功穿过沙漠。时间分秒不差。"博士说,"干扰装置激活后只能在较短的范围内起效,所以他们必须离得足够近,并在传送器仍然运行的时候到达这里。但不能太快,免得把一切搞砸了。那样的话,我们只会得到一群愤怒的豪猪人,那对任何人都没好处。"他笑了笑,"我想,米基也没么不顶用。"他把一根手指放在嘴唇上,对罗伯特悄声说,"别告诉他这是我说的。"

"那罗丝呢?"罗伯特问道,几乎不敢想象那个曼妙的女孩经历了什么。

博士看起来很严肃。过了一会儿,他露出了让罗伯特放心的微笑。博士环顾四周,看到恩科莫夫妇正拥抱在一起;瑞秋和丹尼尔紧紧牵着手,好像永远不会松开;斯诺先生告诉太太他绝对不会再来这儿了,还打算给主办方写一封言辞激烈的抗议信。

"我不确定干扰装置能否破坏控制圆盘,"博士说,"但我想应该能行。罗丝困在一群螳螂怪之中让我有些担心,但她应该会没事的。"

"那螳螂怪怎么办?"罗伯特问道。他在信号被切断的瞬间看了眼屏幕,希望在那之后不会出现其他情况。

"螳螂怪不会伤害她的。"博士说,"不过,我们去看看也无妨……"

灯全都熄灭了，机器的嗡嗡声也消失了。

"天哪……"罗丝低语道，惊讶地发现自己又能说话了。她试着动了动双脚。没错，她又能走路了！

但她的喜悦之情很快就消失了，因为她不得不走出这个满是螳螂怪的房间，还没有了博士之前赋予她的超能力。

一屋子的螳螂怪都看着她。"你干了什么？"一只螳螂怪尖叫道。罗丝很是惊讶，因为她从没听过螳螂怪说话。她一直以为它们只是愚蠢的虫子，是依靠本能行事的怪物。她可真笨，愚蠢的虫子怎么可能创造出这样复杂的迷宫呢？怎么可能想出那些谜题和陷阱呢？

"你会说话？！"她说。

螳螂怪异口同声地小声说："它会说话！它会说话！"

刚才那只螳螂怪站了出来，"既然它不像其他怪物那样不会说话，那就可以解释它们为什么要如此对待我们——在压碎它的胸膛之前！"

"等一下！"罗丝说，"我……我猜这里面有些误会。我们都把对方当成了怪物……"这么解释似乎并不合适，于是罗丝改变了策略，"听着，豪猪人——"螳螂怪立刻发出嘶嘶声，"豪猪人一直在绑架我们人类。他们无法进入你们的据点，所以把我们传送到这里,还装上了这种干扰装置。"她指了指胸口,"他们想用它破坏你们的防御系统,然后把自己传送进来。"她环顾四周,"我很高兴看到他们没有来。"

"你是豪猪人的盟友?"一只螳螂怪抢话道。

"不是!"罗丝说,"我们是被迫的,真的!我们没法儿擅自行动,甚至不能开口说话。听着,整件事和我没有关系。如果你们能放我走,我保证再也不会打扰这里……真抱歉发生了这样的事。"

第一只螳螂怪向她走来,张开了下颚。"但你把干扰装置带到了据点中心!"它说,"破坏了我们的防御系统!"

"我真的很抱歉。"罗丝说着向后退去,努力寻找逃跑的路线。在她身后,其他螳螂怪步步逼近,而在她面前,说话的那只螳螂怪离得越来越近,下颚张得越来越大……

咔嚓!

令罗丝感到惊讶的是,她的脑袋还在脖子上。干扰装置落在她的脚边,导线被整齐地咬断了。

"我们要研究这个装置。"螳螂怪说,"我们要修复防御系统,向豪猪人复仇!"这群螳螂怪立刻凑上去,将前足和触角伸向干扰装置,在这儿碰碰,在那儿嗅嗅。

罗丝低声问:"那我现在可以走了吗?"还没等它们回答,她就开始往后退。她最好在被螳螂怪再次注意之前离开这里。

令罗丝感到高兴的是，干扰装置破坏了所有的大门，那些陷阱和谜题都没用了。她以为出去会变得很容易，但很快发现，干扰装置也熄灭了所有灯光。之前还有博士为她引路，现在她又该如何在黑暗中跨过深坑、穿过通道呢？尽管她身体健康，还是个运动健将，但她并不是自己渴望成为的那个神奇女侠。

她原本以为冒险已经结束，没想到才刚刚开始。

21

在大家还没缓过神的时候,博士就已经飞快地取下了所有人额前的圆盘。接着,他开始修理返回地球的传送系统。

"你能修好它吗?"罗伯特问道。他很难为情,觉得自己简直把博士当成了巴布[1]。

"我能修好。"博士回答道,"电路没受影响,别担心。"接下来,他把所有人传送回了地球,又用一把大扳手砸碎了传送器。

罗伯特像个孩子似的乞求博士,最终留了下来。他有点担心,但博士向他保证,在摧毁传送器之前,已经留出足够的时间让大家在地球上重现身形。

"你坐我的飞船回家。"博士对他说。

罗伯特对此没有异议。

---

1. 英国定格动画《巴布工程师》的主角。

罗丝正非常小心地走下一道极其陡峭的斜坡。这时，她听到有人在哭泣。"喂！"她大喊起来，"那儿有人吗？"

哭声渐渐停止，变成了呜咽。"哦！"一个女人的声音传来，"我在这儿！我在这儿！"

罗丝火急火燎地走完下半段路。在黑暗中，她逐渐看清一个女人的模糊身影。"我来了！"她喊道。

"快停下来！"那个女人惊慌失措地回应道。罗丝慌忙刹住脚。在一片漆黑之中，她没注意到面前有个深坑。

她一把抓住女人的胳膊。"谢谢！"她说，"我差点就掉下去了！"

女人挤出一丝笑容。"先别谢我。"她说，"我想，我们被困住了。"

罗丝转过身，发现她们在陡坡和深坑之间进退两难，没有其他出路。

蓝盒子外面写着"公共报警电话亭"几个字。但博士告诉罗伯特，那只是一个伪装。这也太棒了！蓝盒子竟然是……一艘宇宙飞船！

罗伯特一脸震惊，飞船里的一切事物都令他目不暇接。

"这是你的飞船？"他问道，"真的只属于你？"

"没错。"博士随口答道,给了罗伯特一个灿烂的笑容,"棒极了,对吗?"

"那你和罗丝……"

"我们环游宇宙,行侠仗义。当然,有时候也会经历一些有趣的事情。"

"所以,她真的是你的助手?就像……罗宾[1]一样。"

博士扑哧一声笑了出来,"助手?罗丝和我一起旅行,就待在我的时光机里。你觉得我是头儿?是啊,没错。我得承认,有时候我并不介意拥有一只小银盒,因为它会让事情变得简单些……"

但罗伯特已经听不进去了。他的注意力完全被博士开头那句话吸引住了:我的"时光机"。

博士见状咧嘴笑道:"我可以带你去往宇宙最遥远的角落,到达无垠之地。哦,好得很。忘了告诉你,它还能进行时间旅行……"他在如梦似幻的主控室里轻轻按了一下控制台的开关,"罗丝也会去。说到罗丝……"

"我们要怎么才能找到她?"罗伯特问道。

"哦,塔迪斯会处理的。现在,曼托迪恩据点的力场已经关闭了。"博士说,"我不太明白缘由,但塔迪斯似乎对那个女孩

---

1. DC漫画中的超级英雄,是蝙蝠侠的搭档和助手。

很感兴趣。"

他拉下操纵杆,主控室顿时沐浴在绿光之中。"我们出发了!"博士说。

罗伯特觉得,这是他这辈子碰到的最兴奋的事。

罗丝想找到一种方法让音速起子融化石块,这样一来,她就能在深坑边上搭个手,看看底下有没有出口。这个计划虽然不切实际,但却是她目前唯一能想到的办法了。要知道,更不切实际的计划是将她们的所有衣服系成一股长绳。首先,她几乎可以肯定绳子不够长;其次,她们只能穿着内衣跑来跑去;另外,衣服也不怎么承重。毕竟,水洗标上只会写着"百分之百纯棉,最高洗涤温度四十摄氏度,不可烘干",但没写"能够承重五百公斤"。

罗丝遇到的这个新朋友叫作黛西。当她阐述各种计划和理论时,黛西就安静地坐在原地,似乎惊魂未定。她想知道还有谁逃出来了,罗丝便把自己在据点里遇到的每个人的情况都告诉了她。除了蒂姆·布里利之外,黛西一个人也不认识。"我在这里待了很久。"她说,"游戏中途暂停过一两次,但马上又开始了。"

"你很幸运。"罗丝说。

黛西无奈地笑了笑,"幸运?也许吧。但其他人也这么幸运吗？在我进入游戏之前，没人能够活下来，他们很快就被杀死了。我……我希望……"她的泪水顺着脸颊流了下来，"生活太艰难了。我们娘儿俩相依为命，他爸不闻不问。维持生计十分辛苦，我已经尽力了……我很爱我的孩子，知道他也不容易，但他似乎恨透了我……我愿意为他做任何事。虽然我能保护他不患麻疹或流行性腮腺炎，也能防止他跑到马路上玩火，但我无法阻止这种事的发生。时至今日，我仍不愿相信这一切是真的……"

罗丝在她身边坐下，握住她的手，"你有个孩子？"

"我的小萝卜头啊。"黛西笑了起来，"他不喜欢这个称呼，总要求我叫他罗伯特……"

罗丝跳了起来。她真是太蠢了！黛西只问了据点的情况，显然没敢奢望她的孩子会在豪猪人的基地里久留。"黛西，没事了！"她喊道，"罗伯特——"

但她的话被某种声音打断了。这简直是有史以来最美妙的仙乐，是由空前绝后的管弦乐队演奏出的旷古烁今的交响曲。这是塔迪斯的声音。

黛西惊恐地往后退，完全忘记——或者说不再关心——身后还有个深坑。罗丝不得不紧紧抓住她。随后，塔迪斯出现在了她们面前。闪烁的光芒驱散了茫茫黑暗，也驱散了她们心中的恐惧。

门开了。一个年轻小伙探出头来。"萝卜头！"黛西尖叫起来,"哦,我的乖乖!"

小伙子别扭地忍受着黛西热情的拥抱。"老妈,"他说,"叫我罗伯特。"

然后,博士出现在门口,跟以前一样咧嘴一笑。"救援队来了!"他说。博士转向黛西,似乎在打量她。罗丝干脆地咳嗽了一声。

"这是你妈妈?"他对罗伯特说,"有趣。她看起来并不像你描述的那样。"

罗伯特耸了耸肩,做了个鬼脸。

"你好。"博士伸出一只手对黛西说,"我是博士。"

黛西双手握着博士的手,嘴里谢个不停。他好一会儿才缓过神,转向罗丝说:"终于找到你了。你还好吗?"

"是啊。"她说,"我好着呢。"

然后,他们一同走进了塔迪斯。

没有你我无法成功,罗伯特。你独一无二,真乃天选之子,可以说是真正的英雄。

谢谢你,博士,但这不算什么。

哦,罗伯特,你真了不起。你救了我的命。博士……

怎么了,罗丝?

你和我想的是一样的吗?

我想是的,罗丝。罗伯特,你能否赏脸和我们一起遨游寰宇、行侠仗义?此乃我等要做之事。

你说什么?真的吗?跟你和罗丝一起旅行,成为天选之子?当然可以,我……

但妈妈还在这里,想想她会有多难过。说不定,她还想一起旅行。不能带上妈妈去冒险,英雄故事里就没这回事儿。这不对劲。

博士不会主动问我,但我也不能去问他。万一被他拒绝,我肯定会羞愧难当的。但我不能因此自行了断,把妈妈一个人丢在这世上。绝对不行。

现在,他们一行四人正在返回地球的路上。那个曼妙的女孩似乎有点太安静了。在罗伯特的想象中,她应该更开心欢快些。也许,她平时就是这样的吧。罗伯特不敢相信自己会这么做。他屏住呼吸,走到了罗丝身边。

"你好。"他说,"我是罗伯特。"太傻了!她早就知道我的名字了。

"你好,罗伯特。"她微笑着说,让罗伯特的内心小鹿乱撞。

"你……你没事吧?"他问。

她摆了摆手，"没事，我很好。博士已经把我体内那些渗进神经里的东西弄走了。"

然后是一阵沉默。

罗伯特拼命想说点什么，努力寻找着诙谐幽默的话题，想展现自己的魅力，希望能跟罗丝成为朋友……

他还没想到说些什么，罗丝却开口了："嗯，这么说也许不太好。你之前也戴着控制圆盘，是不是？"

罗伯特告诉她，他额前的圆盘没有被激活，他没有受到别人的控制。

"那种感觉很可怕。"她说，"我一度以为自己要这样度过余生。"

罗伯特瞪大了眼睛，"但你要去宇宙中救人于水火！"

她耸了耸肩，"是啊，没错。但我只是罗宾，不会穿上紧身衣并把内衣外穿。"

罗伯特尽量不去想象罗丝内衣外穿的样子。他想起之前跟博士的对话，他们谈论过谁是超级英雄这件事。

"其实，我也不算是罗宾。"罗丝说，"我更像是露易丝·莱恩[1]。博士——"她朝博士的方向点点头，后者正在控制台边忙前忙后，"是超级英雄，而我则需要被他拯救。"

---

1. DC漫画中的人物，是大都会《星球日报》旗下的一名记者，也是超人克拉克·肯特的同事和妻子。

"你是这样想的吗?"罗伯特问。

"我是这样认为的。"罗丝回答道。

罗伯特笑了起来,"有趣的是,他似乎并不知道。"

罗丝惊讶地张大嘴巴,"博士和你谈论过我?"

"好像说过。"罗伯特说,不敢相信自己竟然在戏弄这个曼妙的女孩,"可能谈论过一两件事吧。"他鼓起勇气说完后,只是笑了笑,拒绝再多说一个字。

塔迪斯回到鲍威尔住宅区,再次停在了中餐外卖馆和青年俱乐部的对面。罗丝对此一点也不意外。这个地方很冷清,晚归的人已经睡着了,早出的人还没起床。这个时间令人沮丧,只有送奶工、警察和时间旅行者会出现在这里。

罗丝向黛西和罗伯特解释了他们现在所处的位置。"我估计一两个小时之内都不会有公交车开过来。"她说。但黛西说没关系,他们可以乘坐夜班公交或者出租车,也可以走路回家。罗伯特提出抗议,但黛西态度坚定。在塔迪斯着陆仅仅一两分钟后,他们便一起离开了。看到罗伯特甩开妈妈保护的手臂,罗丝憋住了笑。她回想起几年前自己也觉得杰姬是多么令人恼火,只是方式不同罢了。那个小伙子一直回头看,罗丝则微笑着跟他挥手告别。

罗伯特和妈妈一起离开了。罗丝似乎很难过,所以他一直回头看,想让她放心。

但她无法忍受这种痛苦,跟着他跑了过来。

"请不要走,罗伯特。"她说,"留下来和我们在一起吧。我们三人将成为宇宙英豪。"

罗伯特迫切地想和她在一起,比任何时候都想回去。但他知道自己不能这么做。所以,他说:"对不起,罗丝。我要留在这里照顾我妈妈。"他笑了笑,"我会在地球上做一个英雄。"

虽然罗丝看起来仍然很悲伤,但她还是微笑着说:"我理解你。你走上了正道。"

他知道自己做了正确的决定。

他转向妈妈,粗声粗气地说:"我很高兴看到你没事,还好它们没有伤害你。"

妈妈给了他一个如阳光般温暖的眼神,仿佛照亮了整个世界。然后,他们一起快乐地回家了。

当罗伯特和黛西转过街角,消失在视线之中后,罗丝便不再挥手了。她看着博士,叹了口气,"我想,我们最好在这里待到早上。我们得去看看大家,感谢米基的救命之恩,还要确保他把伯顿太太的购物篮还回去了。"

博士看起来很是惊讶,"感谢米基这个白痴救了我们?你干吗要这么做?"

"是你说的啊!你都告诉我了!"

博士摇了摇头,"没有,我才没告诉你。我只说过他有那么一丁点用处,没像以前那样把事情搞砸了。"

"那你就这样告诉他吧。"她说,"来自你的至高赞誉。"

但博士看起来忧心忡忡。

"接下来是我妈妈。"她说,"我得给医院打个电话,问问她怎么样了。"

罗丝瞥了一眼自己的家,发现窗户亮着灯。"妈妈曾说过,达伦·皮抢走了她的钥匙!"她说,"我家进贼了!"随后,她飞快地跑上楼去。

罗丝轻手轻脚地走进公寓,博士则跟在她的身后。他们有两个人,窃贼没有任何取胜的机会。

灯光从妈妈房间的门缝里漏了出来。罗丝猛地推开门,准备大喊大叫、拳打脚踢。

但房间里只有妈妈一个人。她正在睡觉,脸上还挂着伤痕。罗丝的心纠紧了。

她举起一只手示意博士不要进来,然后轻轻地走到床边。她不小心发出了响声,妈妈的眼皮动了一下。一开始,妈妈有些惊慌失措,但随后便放松下来,开心地笑了。因为她认出了罗丝。

"你好啊,亲爱的。"她低声说。

"你好啊,妈妈。"罗丝说,"他们居然让你出院了?"她不敢相信医院会这么做,因为妈妈看起来仍然糟透了。但一看到她没什么大碍,罗丝便释然了。

杰姬迷迷糊糊地笑了起来,"嗯。医生说我不会有事的。放心吧。"她打了个哈欠。

"继续睡吧。"罗丝说。

"我睡醒之后你还会在家吗?"

罗丝俯身在妈妈的额头上轻轻一吻。"我不知道。"她说,"但不管怎样,我很快会再见到你的。"

当杰姬的眼睛再次闭上时,罗丝悄悄走出了房间。博士已在厨房里泡了一杯茶。

"妈妈睡着了。"罗丝打了个哈欠说,"我想,我可以回自己房间睡觉,而你可以睡沙发上。"

博士自顾自地吃了一块饼干,"好啊,明天我们可以去公园里喂喂鸭子,或者在电视上看部电影。"

她狠狠地瞪了博士一眼,"你的意思是,你不想休息一下?"

"很无聊啊。"他说,"当有一个宇宙等待被探索时,谁还愿意睡觉啊?你想干点什么?打个盹儿,还是去看看木星的卫星?"

"我不知道。"她调侃道,"卫星上不会很冷吗?"

"那我们就去个暖和的地方吧!"他说,"我们可以目睹大金字塔是如何建造的,或者调查一下我听到的传闻——有个疯狂的科学家想制造石棉机器人来占领太阳。"

博士讲话的时候,罗丝所有的疲惫都消失了。在伦敦又一个灰蒙蒙的日子里,太阳照常升起了。她看着窗外,考虑起博士提供的各种选择。罗丝意识到,尽管她可以主宰自己的命运,但有时好像真的没得选。

"行吧,我们出发吧。"她说。

于是,他们手挽着手离开公寓,向未来走去。

致　谢

非常感谢可爱的拉塞尔·T.戴维斯和海伦·雷纳给我的帮助。你们是那么慷慨、富有见识，而且美妙绝伦。谢谢你们让《神秘博士》如此辉煌地重返荧屏。

感谢同为作家的贾斯廷·理查兹和史蒂夫·科尔，你们是我可爱的朋友，一如既往地表现出色。

特别感谢尼克、妈妈、爸爸和海伦。如果没有家人的支持，这一切都不可能实现。

由衷感谢大卫·贝利无价的技术支持和无限的创作热情。